罪な愛情

愁堂れな

JN282926

幻冬舎ルチル文庫

CONTENTS ✦目次✦

罪な愛情

✦カバーデザイン＝小菅ひとみ（CoCo.Design）
✦ブックデザイン＝まるか工房

イラスト・陸裕千景子✦

罪な愛情

プロローグ

情けないことに僕は、彼が毎月同じ日に一人で黙って出かけることに、最近までずっと気づかずにいた。

気づいた途端行き先が気になってしまい、こっそりあとをつけるという恥ずかしい真似をしてしまったのだが、彼が向かった先が霊園であることを知り、ようやくその日がなんの日だかに思い当たった。

花と線香を供えると、彼は随分と長いこと墓の前で跪《ひざまず》き、両手を合わせていた。墓の下には彼が大切に思う人が眠っている、彼は毎月その人の命日にこうして墓参に来ていたのか、と気づいた僕の胸中はなかなかに複雑だった。

今まで気づいてやれなかったことに対し、己を責める気持ちと、彼が僕に隠しごとをしていた、そのことを寂しく思う気持ちがない交ぜになり、ほろ苦い思いが胸の中に広がってゆく。

彼が一人こっそりと墓参をする理由は、僕にも軽く推察できた。彼は気を遣《つか》っているのである。知れば僕が不愉快に思うやもしれない、それを案じているのだろう。

もしも僕が彼であったら、おそらく同じ気遣いをしたかもしれない。理性ではそう納得できるのだけれど、心を開ききってくれていないのだろうか、と、寂しく思ってしまうのをやはり抑えることができないのだ、と思いながら僕は、墓の前で手を合わせる彼の小さな背をじっと見つめていた。

もう随分ときが経《た》つというのに、彼が動く気配はない。いつまでも動かずにいる彼を眺めるうちに、なぜだか僕はたまらない気持ちになってきて、あとをつけてきたという後ろ暗さを忘れ、思わず一歩を踏み出した。

「あ……」

気配を察し、振り返った彼の目が、驚きに大きく見開かれる。

穢《けが》れを知らない綺麗《きれい》な彼の瞳――その瞳が涙で潤《うる》んでいることに気づく僕の胸には抑えきれない衝動が広がってゆく。

今すぐ彼をこの胸に抱き締め、喜びも哀《かな》しみも共に分かち合おうと訴えかけたいという衝動が――。

1

「なんじゃこりゃ」

田宮吾郎《たみやごろう》の仰天した声が、室内に響き渡る。

「どないしたん、ごろちゃん。懐かしい物真似なんぞして」

傍《かたわ》らでスポーツニュースを見ていた高梨良平《たかなしりょうへい》が、いつにない恋人の動揺した声に驚き、それこそ懐かしいことを言いながら彼へと顔を向けた。

「良平、これ……」

いつもであれば高梨のそんなジョークに乗る田宮だが、今日は驚きすぎたのかその余裕もないようで、手にした封筒を彼へと差し出す。

「なに？」

受け取った高梨が、ひょいと裏をひっくり返し、差出人の名を見て「げ」と嫌そうな声を上げた。

「姉貴からやないか」

再び封筒を表へと返し、宛名が自分と田宮、連名であることを確認したあと田宮に視線を戻す。

「どうせロクでもないもん、送ってきたんやろ。ほんま、堪忍な」

両手を合わせた高梨に、

「いや、ロクでもないっていうか……」

と田宮が口籠《くちご》もる。

「？」

どないしたん、と目を見開く高梨を、田宮が「いいから開けてみて」と促す。なんだ、と首を傾《かし》げつつ封筒の中から取り出したものを見た高梨もまた、

「なんじゃこりゃー！」

田宮同様、大きな声を上げていた。

封書の中に入っていたのは、五枚程度の葉書だった。裏面が写真になっているものなのだが、その写真と葉書の文面に二人は仰天してしまったのだった。

写真は高梨と田宮、二人が温泉宿で浴衣《ゆかた》を着、並んで座っているものだった。ちょうど先月、彼らは高梨の長姉、さつきの好意で、一泊五万円はくだらないという箱根の超高級旅館に泊まりに行ったのだ。

だが、夫婦水入らずの旅行に——二人を『夫婦』と公言して憚《はばか》らないのは高梨のみではあるのだが——なるはずであったのに、偶然と必然から、その超高級旅館には高梨の年の離れ

た姉二人、それに田宮に横恋慕している彼の同僚の富岡《とみおか》、高梨と同業の刑事の納《おさめ》と、彼の情報屋、ミトモ、皆して集《つど》うことになってしまった。

その上、高梨の十三歳上の姉、さつきと、十歳上の姉、美緒《みお》は、せっかくの『夫婦水入らずの旅』をプレゼントしてくれた当人だったにもかかわらず、二人の部屋に夜遅くまで居座り、これでもかというほど喋《しゃべ》り倒《たお》していったのだ。

その際、「せっかくだから二人の写真、撮ったるわ」とさつきが高梨と田宮、二人並べて写真を撮った、その写真を使って葉書を作ったようなのだが、問題はその文面だった。

真っ赤な太文字で書かれていたその文は——。

『私たち、結婚しました』

さつきが二人に断ることなく、勝手に作った葉書はいわゆる『結婚しました』葉書だったのである。

「姉貴、なんだってこんな……」

呆然《ぼうぜん》としていた高梨に、

「な、なんか手紙が入ってたような」

先に気を取り直した田宮が、彼の手から封筒を取り上げ、中から一枚の紙片を取りだした。

「……試しに五枚、送ったけど、何枚でも追加できるって……」

宛名書きサービスもその葉書を作成した印刷屋ではしてくれるらしい、と達筆で書かれた紙を前に、田宮は、そして高梨は、顔を見合わせ深く溜《た》め息《いき》をついた。

「何考えとるんやろな」

「……それは俺が聞きたい……」

「さすがにコレは出せんわな」

「……うん」

「浴衣じゃなあ、生々しすぎてあかんわ。せめてスーツ着とるときやったら……」

「え」

服装の問題じゃないだろう、と思わず声を上げた田宮に、

「ジョーク、ジョークや」

高梨が笑ったあと、二人はまた顔を見合わせ、はあ、と溜め息をつく。

「姉貴もジョークのつもりやったんやないかと思うわ」

「……そうであってほしい」

またも、はあ、と溜め息をつき、田宮は高梨が取り落とした葉書を取り上げた。

「しかし本当に、何を考えてるんだか……」

やれやれ、と肩を竦《すく》めた田宮の手から、今度は高梨がその葉書を取り上げ、「ほんまに」

と言いながらもまじまじと眺め始めた。

「そういやこの間、自分らでは写真撮らんかったな」

「まあ、撮る暇なかったっていうか……」

高梨の姉たちが帰ったあと、我慢も限界とばかりに高梨と田宮は布団の上で抱き合い、夜が白々と明ける頃まで互いを求め合っていた。

仲居が布団を上げに来たのにようやく起き出したあとはもう、観光をする気力も残っておらず、そのまま帰京してしまったため、記念撮影の機会を失ってしまっていたのだ。

「文面はともかく、ええ写真やない？」

高梨がそう言い、ほら、と言うように一枚を田宮に差し出してくる。

「……まあね」

『笑って』『もっと笑わな！　新婚さんなんやし』『せやせや、笑顔全開や』と、さんざんさっきと美緒に囃《はや》し立てられたために、写真の中の高梨と田宮は、満面の笑みを浮かべていた。

少々『作った』感はあるものの、もともとが顔立ちの非常に整っている二人だけに、そんなよそ行きの笑顔であっても充分絵になる――どころか、まるで旅館のパンフレットの写真のような、見ようによっては高梨の言うとおり『ええ写真』となっていた。

「せっかくやから飾っとくか」

「え」

高梨がにっこり笑い、葉書を飾る場所を探そうと室内を見回す。

「ああ、ここがええ」

そうして立ち上がり、電話の傍らに置いてある、メモなどを留めておくボードへと近づいていくと、ピンを一つ取り葉書をそこへと貼《は》り付けた。

「ちょっとそれは……」

恥ずかしいのでは、と田宮も立ち上がり、葉書をはがすために近づいていったのだが、

「別にええやん。誰が来るわけでもなし」

高梨にそう言われ、それもそうか、と思い直した。

「楽しかったな」

二人肩を並べ、葉書を眺めながら、高梨がしみじみとそう言い、田宮の顔を覗《のぞ》き込む。

「うん。いろんな意味でね」

田宮も葉書から高梨へと視線を移すと、二人目を見合わせ笑い合い、互いに唇を寄せていった。

「ん……」

触れるようなキスがやがて、きつく舌を絡め合う激しいくちづけへと移ってゆく。いつしかしっかりと抱き合っていた二人は、前半身に感じるお互いの雄の熱さに唇を重ねたまま目を開き、微笑《ほほえ》み合った。

「……ベッド、行こか」

「うん」

意思の疎通は図れていたが、為念《ためねん》とばかりに高梨が唇を離し田宮に問いかけると、田宮もこくりと首を縦に振ったあと、「あ」と何かに思い当たった顔になった。

「なに？」

「まだ洗い物してない」

「あとでええやん」

夕食の後片付けを気にする田宮をいなし、ベッドに向かいがてら高梨は今まで見ていたテレビの電源を切ると、部屋の灯《あか》りを消そうとした田宮の手を取ってそれを制し、彼をベッドへと押し倒した。

「良平」

「ええやん。明るいところでやるの、好きなんや」

田宮の抗議を軽く流した高梨が、田宮から次々と服を剝《は》ぎ取ってゆく。

「変態」

「そやし、ごろちゃんの裸見るの好きなんやもん」

「マジで変態なんじゃないか」

軽口を叩《たた》き合いながら、高梨は田宮を全裸にしたあとに素早く自分も服を脱ぎ、ベッドで恥ずかしそうに両手を胸のあたりで組んでいる田宮へと覆《おお》い被《かぶ》さっていった。

「隠さんといて。せっかく綺麗なんやから」

ほら、と高梨が田宮の手首を摑《つか》み、強引に身体《からだ》の脇《わき》へと下ろすのに、

「綺麗じゃないよ」

田宮はぶすっとして答えると、ふい、と横を向いてしまった。

「綺麗や」

「綺麗なわけないだろ」

「ほんま綺麗や。なんなら見せたろか？」

高梨がそう言い、「え」と戸惑いの視線を向けた田宮に、にやり、と笑いかける。

「姿見、持ってきたるわ。鏡の前でやらへん？」

「……良平最近、ますますエロオヤジ化してきたよな」

まったく、と田宮が高梨を軽く睨《にら》む。

「そんなワタシに誰がした、いう話や」

「俺じゃないだろ」

「他に誰がおる？」

くすくす笑いながら高梨が「さて」と身体を起こそうとする、その腕を田宮は慌てて摑んで引き寄せた。

「待て、まさかマジじゃないよな？」

「マジに決まっとるやないか。ああ、それとも姿見の前まで行こか？」

高梨がそう言い、逆に田宮の腕を握り返してきたのに、「カンベン」と田宮がその腕を払う。

「冗談やて」

あはは、と高梨が笑い、再び田宮に覆い被さっていくのに「馬鹿」と田宮は口を尖《とが》らせはしたが、両腕は高梨の背に回りしっかりと彼を抱きしめていた。

「ん……」

高梨の唇が田宮の首筋から胸へと下りてゆく。田宮が胸を攻められるのに弱いことを熟知している彼は、ことさら胸への愛撫《あいぶ》に時間をかけるのだった。

片方の乳首を唇で吸い上げ、舌先で転がしながら、もう片方を掌《てのひら》で擦《こす》り上げる。

「や……っ」

すぐに勃《た》ち上がった可愛らしい突起を指先で摘《つま》み上げ、同時にもう片方に軽く歯を立てると、田宮は早くも悩ましい声を漏《も》らし、込み上げる快楽を堪《こら》えるかのように高梨の身体の下で腰を捩《よじ》った。

彼の雄の熱さを合わせた肌で感じながら高梨は尚《なお》も田宮の乳首を攻めてゆく。指先で摘んだそれを引っ張り、抓《つね》ったり、爪をめり込ませたりして弄《いじ》りまわし、唇で吸い上げ、舌で舐《ねぶ》りまくるうちに、田宮の唇から漏れる声はますます悩ましく、彼の雄は更に熱と硬さを増していった。

「あっ……やっ……あっ……」

痛いほどの刺激を与えると、田宮の身体はびくっと震え、彼の首はいやいやをするように横に振られる。だが本当に嫌がっているわけではないことは、今やすっかり勃ちきった彼の雄が、そのたびにドクンと大きく脈打つことから察せられた。

「あっ……もうっ……もうっ……」

高く喘《あえ》ぐ田宮の顔を、胸を舐りながら高梨がちらと目を上げ眺める。高梨が部屋の灯りを消さないのは、乱れる恋人の顔を見るのが好きなため、という理由もあった。

羞恥《しゅうち》の念が強いためか、灯りをつけたままでの行為の最中田宮はぎゅっと目を閉じていることが多いのだが、微《かす》かに刻まれた眉間《みけん》の縦皺《たてじわ》や、長い睫《まつげ》が影を落とす紅潮した頰《ほお》、薄く開いた紅《あか》い唇、その間から覗く紅い舌先など、高梨の欲情をこれでもかというほどに煽《あお》り立てる実に艶《つや》っぽい表情をするのである。

普段の田宮はとても三十歳には見えない、どちらかというと幼い外見をしているのだが、表情は凜々《りり》しく、口調もきっぱりとしていて男らしいことこの上ない。

が、閨《ねや》での彼は——特に欲情に我を忘れているときの彼の表情は、顔立ちのあどけなさに妖艶《ようえん》さが加わり、えもいわれぬほどの色っぽさを醸し出す。

行為の最中にしか見ることのかなわぬこの顔を独占しているのだと思うたびに、高梨の胸は至福の喜びで満たされる。その喜びを今夜も味わいたくて彼は、灯りをつけたまま田宮を組み敷いたのだった。

「あっ……あぁっ……あっ……」

田宮の首の振り方が激しくなり、彼の華奢《きゃしゃ》な腕が高梨の頭を抱きしめる。達してしまうと知らせたいのだろうと察した高梨は、わかったとばかりに田宮の腕を払い身体を起こすと、田宮に両脚を開かせ抱えて腰を上げさせた。

「あ……っ」

煌々《こうこう》とともる灯りの下、露《あら》わにされた田宮のそこが早くもひくついている様が高梨をも昂《たか》めてゆく。

「……待ってや」

片脚を離し、高梨が口に含んで湿らせた指先を、よくよく解《ほぐ》してやろうとそこへと挿入させる。

「……っ」

途端に田宮のそこが激しく収縮し、その指を締め上げたのに、高梨が息を呑《の》んだ気配を察したのか、

「や……っ」

田宮は羞恥に耐えきれない表情になり、両手で顔を覆ってしまった。

「恥ずかしいことあらへんよ」

あほやなあ、と高梨が笑い、中に入れた指をぐるりとかき回す。

「あっ……」

田宮の身体がびくっと震え、唇から高い声が漏れたが、彼の両手は未《ま》だ顔を覆ったままだった。

「顔、見せてや」

高梨が、ぐいぐいと中を抉《えぐ》るのに、びくびくと身体を震わせながらも田宮は「やだ」と頑《かたく》なに手をどけようとしない。

「しゃあないなあ」

わざとらしく溜め息をついた高梨が指をそこから勢いよく引き抜く。

「やっ……」

刺激が強かったのか、背を仰《の》け反《ぞ》らせた田宮の両脚を高梨は再び抱え直すと、ひくつくそこに彼の雄の先端をずぶりと挿入させていった。

「あっ……」

待ち望んでいた質感に、田宮の口からまた高い声が漏れたが、高梨がそのまま動かずにいるのには戸惑いを覚えたらしく、指の間からそっと目を開き見上げて寄越した。

「顔、見せてくれへん？」

高梨がそんな田宮ににっと笑いかける。

「……意地悪……っ」

信じられない、と言わんばかりに、指の間から覗く田宮の目が見開かれる。が、高梨が更に彼を焦《じ》らすように腰を引きかけたのには「ぁっ」と小さく声を漏らし、尚も恨めしい目で彼を睨み上げた。

「意地張らんと」

な、と高梨が微かに腰を前へと突き出したのに、田宮の中に納めた彼の雄もまた微かに奥へと戻る。

「……やっ……」

内壁を擦り上げられる刺激に田宮の腰が捩れたが、またもそこで高梨が動きを止めたのには、さすがに堪えきれなくなったらしい。

「……覚えてろよ」

ぼそり、と呟《つぶや》いた田宮が、羞恥に耐えられない様子ながらも、ゆっくりと顔を覆った両手を外す。

「おおきに」

潤んだ大きな瞳を恨みがましく向けてくる田宮に高梨は笑顔で礼を言うと、田宮が悪態をつこうと口を開きかけた瞬間、激しく腰を突き上げ始めた。

「あっ……」

力強い律動に、田宮はいったん背を大きく仰け反らせたあと、シーツの上で激しく身悶《みもだ》え始める。

「あっ……はぁっ……あっ……あっ……あっ……」

パンパンという高い音が響き渡るほどに勢いよく下肢をぶつけてくる高梨の動きが、焦らされたこともあり田宮をあっという間に絶頂へと導いていった。

「あっ……もうっ……もうっ……」

いやいやをするように激しく首を横に振るのは、絶頂が近いときの田宮の癖だった。本人は自覚していないこの癖は既に高梨の熟知するもので、了解とばかりに田宮の片脚を離すと、二人の腹の間で勃ちきり先走りの液を零《こぼ》していた彼の雄を握り、一気に扱《しご》き上げた。

「あぁっ……」

一段と高い声を上げて田宮が達し、高梨の手の中に白濁した液を飛ばす。

「くっ……」

射精を受け激しく収縮する田宮の後ろに雄を締め上げられた刺激で高梨も達し、彼の中にこれでもかというほどに精を注いだ。

「……ん……っ……」

その感触が伝わったのか、薄く目を開いた田宮が、それは幸せそうに微笑み、いやいや顔から外したはずの両手を高梨へと伸ばしてくる。

「……愛してるよ……」

高梨が息を乱しながらそう囁《ささや》き、田宮の腕に摑まる背を与えてやろうと、ゆっくりと身体を倒していく。

「……俺も……」

田宮もまた、乱れる息を抑え込みながら同じ言葉を高梨に告げると、彼の背にしっかりと両腕を回し、落ちてきた唇を唇で受け止めた。

「……んん……っ……」

互いの呼吸を妨げないようにと配慮された、触れるような細かいキスが、やがて強く舌を絡め合う濃厚なくちづけへと変じてゆく。

田宮の中に納めたままだった高梨の雄が硬度を取り戻すのと同様、田宮の肌もまた込み上げる快楽に熱し始め、二人唇を合わせたまま目を合わせて頷《うなず》き合うと、二度目の絶頂を目指す行為へと進んでいった。


「大丈夫か？」

二度ではすまず、三度、四度と互いに精を吐き出すうちに、気を失ってしまった田宮の頰を高梨がぺしぺしと叩く。

「……あ……」

ようやく意識が戻った田宮に高梨は「大丈夫か？」と問いを重ねながら、きっと田宮は『大丈夫』と言うのだろうと予測していた。

「大丈夫」

どんなに『大丈夫』ではない状態のときでも、田宮は高梨に心配をかけまいと必ずそう答えるのである。無理をすることはないとどれだけ言ってきかせても『無理なんかしてるわけないじゃないか』と笑い飛ばす田宮に、無理なときは無理だと言ってくれたほうがどれだけ嬉《うれ》しいかと、高梨は懇々《こんこん》と諭そうとするのだが、持って生まれた性格ゆえか田宮は決して無理だと言おうとはしなかった。

水を飲むかと問うと、たいていの場合は『自分で持って来る』と言い、余程身体が辛《つら》いとき以外は高梨に甘えようとしない。もっと甘えてほしいのに、という高梨の願いはまた、田宮の願いでもあるようで、逆に田宮のほうから「そんなに気を遣われるとかえって申し訳ない」などと諭されそうになる。

二人の出会いは今から二年ほど前、田宮が巻き込まれた事件の担当刑事が高梨だった、というものだったのだが、それから間もなく高梨が田宮のアパートに押しかけてきて同棲《どうせい》生活が始まり、二年以上も『新婚状態』が続いているという今に至る。

ラブラブ、と冷やかされることの多い二人ではあるし、互いに愛し合っていることは間違いないのだが、未《いま》だにそんな、お互いを思いやるがゆえに覚えるもどかしさを二人して胸に抱《いだ》いていた。

このもどかしさを乗り越えたいというジレンマはあるのだが、と思いながら高梨は田宮に今日も「水、飲む？」と問い、答えを待つ。

「……うん……」

今日は身体がずいぶんとキツかったのだろう、田宮は素直に頷きはしたが、申し訳なさそうに「ほんと、ごめんな」と詫《わ》びることは忘れなかった。

「謝ることあらへんよ」

無理させたのは僕なんやから、と高梨がもう、何百回も口にした言葉を告げ、ベッドを降りるとキッチンに向かって歩き始める。

エビアンのペットボトルを手に戻ってきた高梨は、ベッドで半身を起こしていた田宮の視線が電話の方へと向いているのに気づいた。

「どないしたん？」

はい、とペットボトルを差し出しながら高梨が問いかけると、田宮は「サンキュ」と答えたあと、照れたような笑みを浮かべぽつりとこう呟いた。

「……ちょっと恥ずかしいけど、ああして写真飾るのも、なんかいいね」

「……せやね」

高梨もまた田宮の視線を追い、二人並んで笑っている葉書を眺める。自然と顔が笑ってきてしまい、田宮を見ると、彼もまた幸せそうに微笑んでおり、そんな互いの表情を見ることに幸せを覚えた二人は顔を見合わせ笑い合ったのだった。

2

翌朝、出社した田宮を迎えたのは、それは恨めしい目をした後輩の富岡正巳《まさみ》だった。

「おはようございます。田宮さん、酷《ひど》いじゃないですか」

「え？」

何が、と首を傾げた田宮だったが、その富岡に「これ」と目の前に突き出されたものを見て、「げっ」と思わず大きな声を上げてしまった。

富岡が手にしていたのは、昨夜彼の許《もと》にも届いた、例の浴衣姿の高梨と田宮がにっこり微笑んでいる写真つきの『結婚しました』葉書だったのである。

「そりゃ僕はお邪魔虫覚悟で温泉について行きましたけどね、だからってわざわざこんな葉書作っていやみったらしく送ってこなくたって……」

「ちょ、ちょっと待て。俺が送るわけないだろ」

くどくどと恨み言を重ねてくる富岡の言葉を田宮は慌てて遮り、この葉書の作り主が高梨の姉であることを説明した。

「お姉さん!?」

富岡は訝《いぶか》しげに問い返したが、すぐに「ああ」と納得したように頷くと、更に田宮を愕然《がくぜん》とさせることを言い出した。

「なるほど、だから会社宛《あて》に送られてきたのか」

「ええっ？？」

こんなものが会社宛に、と仰天した声を上げた田宮があまりに真っ青だったからか、

「ちゃんと封筒に入っていましたがね」

今度は富岡が慌ててフォローを入れ、田宮に安堵《あんど》の息を吐かせた。

「よかった……」

「ほら、この間美緒さんに名刺渡したじゃないですか」

脱力する田宮の前で、富岡が『だから会社か』の解説を始める。

「そういや封筒の宛名も綺麗な女文字でした。なんだ、美緒さんの仕業《しわざ》だったんですね」

「……みたいだな」

まったく冗談じゃない、と田宮は溜め息をつき、天を仰ぐ。まさか高梨の姉たちが本人ばかりでなく、関係ない——とは言い切れないかもしれないが——富岡にまで、葉書を送っているとはさすがに想像していなかったのである。

「しかしこの分じゃ、お姉さんたち、結構この葉書をばらまいてるかもしれないですね」

富岡がそんな田宮の心を正確に読んだようなことを言い、同情の眼差《まなざ》しを向けてくる。

「……で、電話してみる」

一体誰と誰に送ったのか、確認しなければと田宮はよろよろとした足取りで富岡から離れると、フロアにある休憩スペースへと向かった。

私用の電話をするのに皆が使うその場所は、朝早いためか無人で、ちょうどいい、と田宮は慌てて美緒の携帯電話を鳴らした。

『あら、ごろちゃん。どないしたん？』

番号で田宮とわかったのだろう、朝だというのにハイテンションな声が電話越しに聞こえてくる。

「突然すみません、今大丈夫ですか」

『そない他人行儀なこと言わんでも。なになに？　なんで電話くれはったん？』

身内だろうが他人だろうが、通話の都合を聞くのは礼儀だろうと思う田宮の常識を無視し、良平のすぐ上の姉――といっても十歳年上である彼女は、相変わらずのマシンガントークをかまし始め、田宮をたじたじとさせていった。

『あ、もしかしてアレやない？　あの葉書』

「そ、そうです。あの……」

都合よく話題がすぐ田宮の知りたいことへと移ったのはいいが、そのあとが悪かった。

『ええ出来やろ？　さっちゃんと私の会心の作や。なんや、わざわざ御礼なんか言わんかてええんよ？』

「あ、いや、そうじゃなく……」

立て板に水どころか、滝でもまだ足りないとばかりに喋り続ける美緒には、田宮が口を挟む余地など一ミリもない。

『ごろちゃんはどの写真も可愛く写っとったけど、良平がなあ、どれもこれもイマイチで、これ、っちゅうのがなかったさかい、ほんま、苦労したんや。たまーに「これ、ええな」いうんがあっても、バックに布団が写ってたりしてな。やっぱり「結婚しました」葉書のバックに布団、いうんはあんまりかなあ、思て』

けらけらけら、と豪快に笑う美緒に、限りなく脱力してしまいながらも田宮は身体に残る力を振り絞り、

「あのっ」

とようやく彼女の注意を引くべく声をかけることができた。

『なに？　ごろちゃん、どないしたん？』

「あの葉書なんですが」

『だから御礼なんかええて。ああ、お金もいらへんよ。ウチら、義理とはいえ姉弟なんやし、そない気ぃ遣わんでも……』

またもべらべらとしゃべり出しそうになる美緒に田宮は「すみません、ありがとうござい

ます」と一応の謝罪と礼を言ったあと、改めて、

「あのですね」

と話を必死で変えようとした。

『なに？』

ようやく聞く気になったらしい美緒が、田宮に問い返してくる。

「あの葉書、誰と誰に送ったんです？」

『え？』

田宮の問いは美緒にとっては想定外だったらしく、きょとん、としたように一瞬黙り込んだあと、

『ああ』

なんや、とまたけらけらと笑い出した。

『もしかしてごろちゃん、ウチらが勝手にあの葉書、ばらまいたとでも思ってるんちゃう？』

「あ、いえ、そんな……」

まさにその通りではあったが、そうとは言えずに言葉を濁した田宮の耳に、『あほやなあ』と笑う美緒の明るい声が響いてきた。

『そないなこと、するわけないやん。送ったのはあんたらと、それからあの温泉旅行に一緒

に行った、富岡君やろ、それからええと、ミトモさん、あと、ああ、納さんにも送ったわ。そんくらいよ』

ばらまくだなんて、そんな酷いことするわけあらへん、と笑う美緒に、充分ばらまいていると思う、と田宮は思ったがやはり口には出せなかった。

『手紙にも書いたけど、何枚でもプリントできるさかい、必要やったら言うてきてや』

「あ、ありがとうございます」

屈託なく笑う美緒には礼を言うしかなく、田宮はまだまだ話し足りなそうな彼女の電話を「それじゃ」と切ると、急いで高梨に電話を入れた。

『え』

高梨も姉たちの所行には絶句したものの、『かんにん』と田宮に謝り倒したあとには、『サメちゃんとミトモさんにはフォロー入れとくわ』と彼を安心させることを言い、電話を切った。

「…………」

高梨との電話を終え、朝から脱力しきった状態で席に戻った田宮は、何気なく背後の富岡の机の上を見て、またも仰天し大声を上げた。

「おいっ」

「あ、お帰りなさい」

屈託なく笑いかけてきた富岡の机上には、例の葉書の『結婚しました』部分と、なんと、高梨の姿を綺麗に切り取った——早い話、田宮のワンショット写真が飾られていたのである。

「お前なあっ」

「いやあ、腹立ったから捨てようかと思ったんですが、浴衣姿の田宮さんを捨てるのは忍びなく……」

嬉々《きき》として喋り続ける富岡を「いい加減にしろっ」と田宮は一喝すると没収とばかりに彼の机の上から自分の写真を取り上げた。

「返してくださいよう」

「肖像権の侵害だっ」

しつこく食い下がる富岡をその一言で撃退し、やれやれ、と田宮は溜め息をつく。

「ケチだなあ」

それでも富岡はしつこくぶちぶちと呟いていたが、やがて諦《あきら》めたのか、同じ葉書絡みではあるものの、違う話題を振ってきた。

「やっぱり葉書送ったの、美緒さんでした？」

「ああ」

早朝でまだ二人の周囲の人間が出社していないのをいいことに、富岡は田宮へと完全に向き直り会話を続けようとする。

「なんで僕に送ってくれたんだろう？　聞きました？」

「……あの温泉旅館に居合わせた人間皆に送ったんだってさ」

もういいから仕事しよう、と会話を打ち切ろうとする田宮に、いつものごときしつこさで富岡が食い下がってきた。

「しかし高梨さんの兄弟構成も意外でしたね。僕はてっきり弟か妹がいるのかと思ってた」

あんな強烈なお姉さんがいるなんて、と感心した声を上げた富岡に、その上には兄もいるということは教えなくてもいいだろうと田宮は「そうだな」と相槌《あいづち》を打ちはしたが、富岡にはすっかり背を向け、これ以上の会話はお断りというオーラを全身から漂わせた。

「そういや田宮さんって、兄弟姉妹、一体誰がいるんです？」

「え？」

そうはさせじと、富岡が問いを重ねる。不意に思いついたらしいその問いに、完全無視を決め込んだはずの田宮の身体がびくっと震え、動作が一瞬凍り付いた。

「田宮さん？」

どうしたんです？　と彼の様子を訝り、富岡が問いかける。

「あ、なんでもない」

振り返った田宮の顔には笑顔はあったが、どこか作ったようだと富岡の目には映っていた。

「いいから仕事しろ」

言い捨て、背を向けてしまった田宮に富岡がいつものように、しつこく絡むことができなかったのはその『作った』感があまりにも田宮にそぐわなかったためだった。

「……？」

どうしたことだろう、と首を傾げた富岡は自分の質問を思い起こしたが、『兄弟姉妹はいるか』という問いの何が田宮を動揺させたのかはわからないままだった。


その夜、田宮は二時間ほど残業をし、帰路につこうとしたのだが、

「田宮さーん」

いつものように富岡が、自分もばたばたと机を片付け、一緒に帰ろうとばかりにあとをついてきた。

「一緒に帰りましょう」

「帰らないよ」

「いいじゃないですか。駅までくらい」

この風景は、どちらかが外出不帰であるか、もしくは接待が入った日以外にはほぼ毎日繰り広げられるものであり、既に田宮たちの執務フロアの名物となっていた。

「駅までたったの五分なんだから。別に一緒じゃなくてもいいだろ」

「たった五分でも一緒にいたい、この男心、わかってほしいなあ」

「馬鹿じゃないかっ」

じゃれつく富岡を田宮が邪険にかわすのは、駅までの『五分』の間に富岡が彼を、「飲みに行きましょう」と誘うのがデフォルトであるためだった。

「軽く行きません？」

今日も懲《こ》りずに同じ誘いをかけてきたのを、

「行きません」

田宮はぴしゃりと断り、駅への道を早足で進む。

「たまには付き合ってくれてもいいじゃないですか」

毎日毎日、飽きもせず——そして連日断られているのに懲りもせず、しつこく誘ってくる富岡を、

「行かないって言ってるだろ」

と田宮が更に邪険に振り切ろうとしたそのとき、

「兄さん」

突然前方から現れた背の高い青年が、そう声をかけながら田宮らの前に立ち塞《ふさ》がったのに、田宮の足が止まり、勢いあまってすぐ後ろを歩いていた富岡が彼の背にぶちあたってしまっ

た。

「あ、すみません」

慌てて一歩下がりながらも、『兄さん』という呼びかけに興味を引かれ、富岡が声をかけてきた青年を見やる。

「兄さん、久しぶり」

富岡の目の前、その青年が田宮に向かい、少し照れたような笑みを浮かべてみせたのに、聞き違いではなかったかと思いつつ、富岡は背後から田宮の顔を覗き込んだ。

「……俊美《としみ》……」

答える田宮の顔にいつもの笑みがない。呆然としているとしか思えない彼の表情に違和感を覚えつつも富岡は、「こんばんは」と青年に笑顔を向けた。

「あ、こんばんは」

田宮に『俊美』と呼ばれた青年はそのとき初めて富岡の存在に気づいたようで、姿勢を正し頭を下げて寄越した。

「……どうしたんだ、突然……」

その彼に向かい、田宮が声をかけたのだが、その声はやはりいつもの彼のものとはまるで違う、変に掠《かす》れたものだった。

「さっき東京に着いたんだけど、ちょっと話したいことがあって、それで兄さんの社まで来たんだ。呼び出してもらおうかと思ったけど、こんな時間じゃ当たり前だけど受付も開いてなくて」

対する青年の——俊美の方もまた、酷く緊張した様子で田宮を見下ろし、切々と訴えかけている。何かワケアリな様子の二人を、富岡もまた緊張感を持って見守っていたのだが、

「話って？」

と問いかけた田宮に、

「少し時間、貰《もら》えないかな」

と俊美が尋ねた、それを聞いた途端にさすが商社マンとも言うべき仕切りを発揮した。

「駅ビルの中に、食事も茶も酒もいける、静かな店がありますよ。そこ行きましょう」

「は？」

俊美が戸惑いの声を上げるのに対し、いつもであれば「お前が仕切るな」ぐらいのことを言いそうな田宮はじっと俯《うつむ》いて、声を発する様子もない。

「さあ、どうぞ」

本当にどうしたことかと思いつつ富岡は、訝しげな顔をした俊美と、ただ俯いている田宮を引き連れ駅ビルへと向かった。

食事も酒も茶も飲めるというその店で、田宮と俊美、そして富岡は三人同じテーブルへとついたのだが、オーダーを取りに来たボーイに田宮が「コーヒー」と言ったのに合わせ、他

の二人も「コーヒー」と飲み物のみを注文した。

三人の間に沈黙が流れる。

「……あの……」

俊美がちらと富岡を見やった、その目線に非難の色を見た彼は、

「席、外しましょうかね」

そう微笑むと、一人隣のテーブルへと移った。

「………」

その間も田宮は俯いたままで、口を開く気配はない。一体どうしたことかと富岡は首を傾げながらも、隣のテーブルから田宮と彼の弟、俊美の二人のやりとりを見守っていた。

俊美はそんな富岡の視線が気になるのか、ちらちらと彼を見ていたが、店を出ていけとも言えないようで、コーヒーが運ばれてきたのをきっかけに口を開いた。

「兄さん、元気だった？」

「うん。そっちはみんな元気か？」

ようやく兄弟二人の間で会話が始まる。

「僕は元気なんだけど、実は母さんが先週入院したんだ」

「え」

ここで初めて田宮が顔を上げ俊美を見たのだが、彼の顔色は真っ青だった。

「どこが悪いの？」

「……胃。癌《がん》なんだ」

小さな声で問いかけた田宮に、俊美もまたぼそぼそと聞こえないほどの声で答える。彼の言葉を聞く田宮の顔色はますます青く、ほとんど白いといってもいいほどになっていた。

「……治療は？」

「来週手術。転移の心配は今のところないらしいんだけど、医者が本人に癌だと教えてしまったせいか、すっかり元気がなくなってしまって……」

本人が聞きたがったから仕方ないんだけど、と溜め息をつく俊美に、田宮は「そうなんだ」と相槌を打ったが、その声は酷く震えていた。

「今は癌でも死ぬって決まったわけじゃない、早めに切れば大丈夫だし、万が一転移していても抗ガン剤治療もできるって、散々言ってるんだけどね」

「……母さんの年代だと、やっぱりショックだと思うよ」

いくらわかっていても、と言う田宮に「だから」と俊美が急に身を乗り出し、彼の顔をじっと見やった。

「お願いっていうのは、兄さん。一度母さんの見舞いに行ってやってほしいんだ」

「……え……」

じっと目を見据え、訴えかけてくる俊美から、田宮が困ったように目を逸《そ》らす。

「母さんも兄さんが見舞いに来てくれたら、心強いと思うんだよ。忙しいとは思うけど、どうか近いうちに一度北海道に帰ってきてもらえないかな」

「……お医者さんはなんて言ってるんだ？　ステージとか、色々あるんだろう？」

田宮が逆に俊美に問い返すさまに、傍で見ていた富岡は、あれ、と違和感を覚えまじまじと彼の顔を見やった。

「ステージはⅡだった。医者は開けてみないとはっきりとは言えないけれど、おそらく手術をすれば大丈夫だと言っていたよ」

「そうか……」

田宮がほっとしたように小さく息を吐いたのに、「でも」と俊美が更に身を乗り出し、彼の顔を覗き込む。

「本人はほんと、元気をなくしてるんだよ。だから兄さん、頼むから見舞ってやってくれないかな」

「…………」

どんなに俊美が訴えかけても、なぜか田宮の首が縦に振られることはなく、その様子を見ていた富岡の首をまたも傾げさせた。

「……兄さん……」

俊美は何か言いたげな顔をし、じっと田宮を見つめていたが、やがて諦めたらしい。

「……頼むね」

縋るような目で田宮を見、そう言ったあと「そろそろ行かなきゃ」と立ち上がった。

財布から千円札を出そうとする俊美に、いいよ、とその手を押さえ田宮もまた立ち上がる。

「どこへ？」

「ホテル。社長と一緒に出張中なんだ」

「そういやもう就職したんだもんな。どこに勤めてるんだ？」

ここは俺が出す、と田宮が伝票を取り上げようとするのに、俊美は「いいよ」と無理やり千円札を机に置くと、

「サンライズコーポレーションってファンド関係の会社。大学の先輩の社なんだ」

だから社長と言っても気安いのだけれど、と笑い、「それじゃあ」と頭を下げ背を向けた。

「元気でな」

田宮もあとを追うかと思われたが、その場に留まり、俊美の背に声をかける。

「……兄さん」

俊美の足が止まり、くるりと振り返った彼がじっと田宮を見つめてきたのに、なぜか田宮は苦しげな顔をして目を逸らし、俯いてしまった。

「見舞いに行ってやってよね。頼むよ」

「…………」

念を押した俊美の言葉にも、ついに田宮は頷くことはなかった。俊美も「お願いだよ」と言葉を重ねたものの、返事を強要することはなく、後ろ髪を引かれてるのがありありとわかる素振りで喫茶店を出ていった。

「…………」

はあ、と大きな溜め息をつき、田宮がどさりともとの席に腰を下ろす。

「どうしたんです？」

俯き、ぼんやりしていた田宮に富岡が声をかけると、田宮ははっとした表情になったあと、青白い顔を富岡へと向けてきた。

「なんでも」

「あの、聞いていいですか」

富岡が立ち上がり、席を田宮の前へと移動させる。

「…………」

普段の田宮であれば『駄目』だの『馬鹿』だの悪態の一つもつきそうなものなのだが、そのときは何も言わず、ちら、と前に陣取った富岡の顔を見やったものの、すっと目を逸らせ俯いてしまった。

「他人の僕が口出すのもなんなんですけど、なんでお見舞いに行かないんです？」

「……っ」

富岡は一見、酷く図々しいように見えるのだが、こと田宮に関しては常に一線を引き、彼の嫌がる範囲内にまで足を踏み入れようとはしないのだった。その彼がこうもずばりと聞いてくるとは思わなかったらしく、田宮が驚いたように顔を上げる。

「田宮さん、正直だから。行くつもりがないから、『行く』って言えなかったんでしょ」

「…………」

何も言わない田宮に向かい、富岡が肩を竦めてみせる。

「仕事が忙しいのならいくらでも肩代わりしますけど、そういうわけじゃないんでしょ」

「…………」

問いを重ねる富岡から、田宮はまた目を逸らし、俯いてしまった。

「立ち入ったこと聞いてすみません、怒りました？」

黙り込んだ田宮の顔を、真摯《しんし》な声で詫びた富岡が覗き込む。

「……いや……」

ようやく田宮は富岡の問いに答えを返したのだが、ゆっくりと首を横に振りながら発したその声は、やはり酷く掠れていた。

「……どうしたの」

富岡が身を乗り出し、田宮に顔を寄せ問いかける。

「……癌ってさ、ステージⅡなら手術で治るよな？」

暫《しばら》く黙り込んだあと、ぼそり、と田宮が告げたのは、富岡への答えなどではなく彼への問いかけだった。

「……ええ、治るケースの方が多いですよ。なんなら今、モバイルで生存率、ネット検索しますけど」

いきなりどうしたのだ、と思ったことなどおくびにも出さす、富岡は答えながら鞄《かばん》を取り上げたのだが、田宮は「ごめん、いいよ」と首を横に振り、ほっとしたような息を吐いた。

「そんなに心配なら、お見舞いに行けばいいじゃないですか」

思わず富岡の口から、ぽろりと思ったことが漏れる。

「…………」

田宮の表情が一段と曇ったのに、しまった、と富岡が口を押さえたとき、田宮が小さく口を開き、ぼそぼそと聞こえないような声で呟いた。

「俺が行っても、母さんは喜ばないと思うから……」

「……え……？」

微かに耳に届いた言葉が聞き違いとしか思えず、富岡はつい問い返してしまったのだが、途端に田宮ははっとした顔になり「なんでもない」と首を横に振った。

「田宮さん」

「帰ろうか」

問いかけようとした富岡を無視し、田宮が無理に作った笑顔でそう言うと、伝票と俊美が無理やり残していった千円札を手に立ち上がる。

「……はい」

それ以上はどうも問いかけてはならない気がして、富岡はいつもの彼らしくなく素直に頷くと、レジへと向かう田宮のあとに大人《おとな》しく続いた。

「それじゃな」

「お疲れ様でした」

逆方向の電車に乗るのにホームで別れたあと、富岡は心なしかとぼとぼと歩いてゆく田宮の背中を見つめ、本当にどうしたのだろう、と一人首を傾げた。

富岡があんな田宮を見るのは初めてだった。彼にとって田宮の印象は常に明朗快活、何ごとにもへこたれず前向きに進んでいく、というものだった。

以前田宮の同期が、田宮の仕事ぶりに嫉妬《しっと》したあまり、彼を殺人犯に仕立て上げようとした事件があったことを、富岡は人づてに聞いて知っていたが――そのときは未だ富岡は別部署にいたため、面白可笑《おか》しく脚色された噂《うわさ》を聞いたに過ぎなかった――復帰した田宮から暗い印象が微塵《みじん》にも感じられなかったことに、当時富岡は感心していたのだった。

あの頃、それこそ田宮は格好の噂の的にされており、その噂は田宮本人の耳にも当然入っていただろうに、彼は少しも気にする素振《そぶ》りを見せなかった。

殺人の濡《ぬ》れ衣《ぎぬ》を着せられたりしたら、その相手を多少は恨むだろうに、その様子もないことに富岡は驚き、そしてそんな田宮に強烈に惹かれていった。

常に感情表現が豊かで、怒ったり笑ったり、落ち込んだり喜んだりするものの、基本的には明るい表情を浮かべている田宮が、なぜにああも暗い顔をしていたのか――わからない、と富岡は首を横に振ると、既に視界から消えていた田宮の後ろ姿に背を向け、ホームへの階段を下り始めた。

わからないといえば、田宮の弟への――俊美への対応も、よくわからないものだった、と、ちょうどやってきた地下鉄に乗り込みながら、富岡はまた思考をそちらへと飛ばしていった。

俊美と田宮が会ったのは、実に久しぶりのように見えた。俊美は見たところ二十五、六、であったのに、田宮は彼の就職先を知らなかったことからそれが窺《うかが》える、と地下鉄のドアにもたれかかり、ドアのガラスに映る己の姿を眺めながら、富岡は尚も考える。

それにしても似ていない兄弟だった――暗いガラスの向こうに俊美の顔を思い浮かべ、富岡は田宮の顔との相似点を探そうとしたのだが、二人とも顔立ちが整っているというくらいしか共通項は見つからなかった。

身長は百八十近かった。細身であることもまあ、共通しているといっていいが、俊美は田宮のように華奢というほどではない。

決定的な違いは二人の目にあった。田宮の瞳は大きく、それゆえ彼の顔が幼く見えるのに対し、俊美は切れ長の瞳をしており、顔立ちはそのせいで大人っぽい印象を周囲に与えていた。

似ていない兄弟など世に数多《あまた》いるものの、なんとなく気になる、と富岡は二人の顔を同時に思い浮かべ、首を傾げる。

おそらくこの違和感は、今まで一度も田宮の口から弟の存在が語られたことがないからだろうと、富岡は結論を下した。

弟ばかりでなく、田宮の口から家族の話を聞いたことは一切ない。しかし他の同僚から家族の話を聞くかと言えば、新婚の先輩の妻の話題に辟易《へきえき》するくらいである。

やはり考えすぎかな、と溜め息をついたところで地下鉄は彼の乗換駅に到着し、富岡は足早に進む乗客と共に乗り換えの電車へと向かった。

それにしても田宮はなぜ、ああも頑なに母親の見舞いに行くまいとするのだろう——最大の謎《なぞ》はこれだよな、と乗り換えた地下鉄に揺られながら富岡はあれこれとその『理由』を考えたのだが、いくら考えようとも正解は田宮の口から聞く以外に判明しないのだという当たり前のことに気づき、思考を中断した。

「聞く以外ないっていってもね……」

それができれば苦労はないのだ、と肩を竦めた富岡の脳裏に、ちらと田宮の恋人の——高梨の顔が浮かぶ。

明日にでも彼に連絡を入れ、今日見聞きしたことを一応知らせておくか、と思う自分を、ほとほと人がいいと苦笑する富岡の端整な顔が、混《こ》んだ地下鉄の窓硝子《ガラス》に映っていた。

3

その頃田宮もまた、一人地下鉄に揺られながら、突然の弟の訪問を思い起こしていた。俊美と会うのは実に十一年ぶりのことになる。十九歳になった年の冬以来、故郷を訪れていない田宮は、大学も北大へと進んだ俊美と顔を合わせることはなかった。俊美からは何度か、会おうという連絡があったが、田宮は「都合が悪い」と断り続けてきた。そのうちに多忙になったのか連絡も途絶えたのだった、と田宮は小さく息を吐き、それにしても、と天を仰いだ。

癌か――やはり同じく十年以上会っていない母の顔が、田宮の脳裏に蘇《よみがえ》る。落ち込んでいるというのなら慰めてもあげたい。だが自分の慰めなどかえって母にとっては腹立たしいものなのではないかと思う田宮の口からまた、大きな溜め息が漏れた。

どうするか、と悩みながら地下鉄を降りてＪＲに乗り継ぎ、一駅乗ったあと普段ならタクシーを使うところ、とぼとぼと道を歩き始める。

ＪＲの駅から田宮のアパートまでは、徒歩にして三十分ほどかかる。考えをまとめたいときに田宮はこうして夜道を歩くことがあるのだが、今夜彼が徒歩を選んだのは思考をまとめたいというよりは、どちらかというと気持ちを落ち着かせたい、そのためだった。

　もしも田宮を少しでも知る人間が、今、俯きながらとぼとぼと道を歩いている彼を見たとしたら、人違いかと見直すのではないかと思われる。それほど田宮には普段の溌剌《はつらつ》とした面影はなく、苦悩しているとしか思えない表情で歩き続けていた。

　気持ちが少しも落ち着かないうちにアパートへと到着した田宮は、見上げた自分の部屋の灯りがついていたことに、ある意味ほっとし、ある意味しまったなと思い、足を止めた。

　灯りがついているということは、当たり前だが同居人が——高梨が帰宅しているということである。こんな落ち着かない気分の夜には、誰より高梨の腕が欲しい。その一方で、今、これほどまでに落ち着かない己の顔を見たら、高梨がさぞ心配するだろうと思うと、しっかりしなければいけない、と田宮は両手で両頬をパシッと叩き、自分に活を入れた。

　階段を駆け上り、部屋の前に立つ。そのまま持っている鍵《かぎ》でドアを開いてもいいのだが、なんとなく高梨と田宮、二人の間では、先にどちらかが帰宅している場合にはドアチャイムを鳴らすという習慣が定着しつつあった。

　それゆえ田宮は今夜もドアチャイムを鳴らしたのだが、ドスドスと近づいてくる足音がしたと思った途端、目の前でドアが勢いよく開かれ、満面の笑みを浮かべた高梨が彼に向かって両手を広げてみせた。

「おかえり」

「ただいま」

躊躇《ちゅうちょ》など少しも見せずに田宮は高梨の腕に飛び込むと、そこで二人は軽く唇を合わせる、いわゆる「おかえりのちゅう」――もしくは「ただいまのちゅう」を交わす。

「ん……」

通常であれば唇を重ねたあと、新婚さん恒例の「ご飯にする？　お風呂にする？　それとも」――田宮が先に帰宅していた場合は『それとも』という選択肢はなかったが――という問いになるのだが、稀《まれ》に唇を合わせたまま欲情を暴走させてしまうことがある。

今夜の高梨がまさに『暴走』状態のようで、田宮の腰をぐっと抱き寄せ、己の下肢に押し当てながら、きつく舌を絡めてきた。

「んんっ……」

玄関先で、と非難の目を向けた田宮に、唇を合わせたまま高梨がにっと微笑み、指をスラックスの上から田宮の後ろへとめり込ませる。びく、と身体を震わせた田宮に高梨はまた、目を細めて微笑むと、ぐいぐいと指でそこを抉り、田宮の非難を封じていった。

「やっ……」

貪《むさぼ》るような激しいキスに、後ろへの刺激に、独力では立っていられなくなり、体重を預けた田宮の身体を高梨が抱き上げる。

「わ」

思わぬ高さに田宮が高梨の首にすがりつく、その身体を抱き直しながら高梨は田宮の耳元で、それはいやらしげに囁いた。

「ご飯の前に軽く一汗流さへん？」

「………」

耳朶《じだ》に高梨の吐息がかかり、びく、と身体を震わせた田宮に、

「な、ごろちゃん」

高梨は返事を促したのだが、田宮の反応がいつもと違うことにすぐ気づき、改めて彼の顔を覗き込んだ。

「ごろちゃん、どないしたん？」

「え？」

田宮がはっと我に返った顔になる。いつもであれば、このような高梨の『暴走』には、「冗談じゃない」だの「馬鹿じゃないか」だの、本人もその気の場合は「ん……」と恥ずかしげに小さく頷くだのという、何かしらの反応を見せるのに、今日の彼は高梨の誘いに乗るか否かを考えあぐねている様子で、一体どうしたことかと高梨は田宮をその場に下ろすと、体調でも悪いのかと尚も顔を見下ろした。

「何かあったん？」

顔色は悪いようだが、具合が悪いというよりは何か悩み事を抱えているように見える、と

思いつつ、高梨が問いを発する。

「………」

田宮は一瞬口を開きかけたが、すぐに青白いその顔に笑みを浮かべると、

「なんでもないよ」

と首を横に振り、高梨の腕を摑んだ。

「ごろちゃん？」

「あ、ごめん」

田宮にとっては無意識の所作だったらしく、またもはっとした顔になると高梨の腕を放したのだが、高梨はその手を逆に握ると、「え？」と顔を上げた田宮の目をじっと見つめながらゆっくりと口を開いた。

「何があったん？　僕には話せへんこと？」

「………」

田宮もまたじっと高梨を見上げ、二人の視線がこれでもかというほどに絡み合う。五秒、十秒、と無言のまま見つめ合うときが流れたのだが、沈黙に耐えられなくなったのは田宮が先だった。

「……良平に話せないことなんか……」

すっと目を逸らし、そう呟きながら田宮が高梨の手からそっと己の手を引き抜く。

「……そう」

高梨はそんな彼を暫《しば》しじっと見つめていたが、やがてふっと目を細めて微笑むと、

「ご飯にしよか」

ぽん、と田宮の肩を叩き、踵《きびす》を返した。

「……ごめん……」

田宮が呟く謝罪を聞こえないふりをし、「今日は思いの外早く帰れたんよ」と明るく自分のことを話し始めた高梨の胸中には実は複雑な思いが満ち満ちていた。

『……良平に話せないことなんか……』

そう言ったあと、田宮は語尾をぼかした。『ない』と断言するとそれが嘘《うそ》になると思い、正直者ゆえ言えなかったのだろう——高梨には田宮の思考が軽く推察できた。

喜びも悲しみも怒りも何もかも、分かち合っていこう、というのは互いの間では共通した認識だと思っていたのだが、田宮にはまだ、自分に『言えない』ことがある。それがまた高梨の胸に切なさを宿らせるのだが、そんな田宮を責めたり言及したりするには高梨は優しすぎるのだった。

田宮の遠慮深さが、自分を気遣ったものである場合は『その必要はない』と言ってやることはできるが、今日の田宮の隠し事は、自分を『思いやっている』ものではない、という直感が働いたため、高梨は一切の追及はすまいと心を決めていた。

隠し事をされるのはやるせなくはあるが、本人が言いたくないものを無理に言わせることはない。いつか話す気になったときに、聞けばいいことだ、と高梨は己に言い聞かせると、テーブルに並ぶ料理に「良平も疲れてるのに」と恐縮し、謝罪する田宮に、

「食べよ」

と笑顔を向け、その後は一切彼に何も問うことはしなかった。

夕食後、それぞれ風呂に入り、惰性でつけていたテレビを前にごろごろとしている間も、田宮は思い詰めたような顔をし、何かを考えているように見えた。

「………」

やはり聞いてみるか――苦悩しているのであれば、何かの役に立ちたい、そう思い高梨が田宮に声をかけようとしたそのとき、高梨の携帯電話の着信音が室内に響き、高梨は、そして田宮もはっとした顔になって音の方を見やった。

「はい、高梨」

高梨が立ち上がり、机の上に置いてあった携帯に出るのと同時に、田宮もまた立ち上がる。風呂上がりでリラックスしていた高梨は、Tシャツにトランクスという下着姿であるために、彼のシャツやスーツを用意しにクローゼットに向かったのである。

午後十一時を回ろうとしているこの時間に高梨の携帯が鳴るのは、署からの呼び出しであることが多いため、田宮は先回りをしたのだったが、今回もまた彼の気働きは活きることと

なった。

「はい……はい……わかりました。すぐ向かいます」

厳しい表情で応対していた高梨が早々に電話を切ったのに、

「はい」

何を言われるより前に田宮がシャツを差し出す。

「さすが刑事の嫁さんやね」

おおきに、と笑い高梨は田宮からシャツを受け取ると、彼の額に唇を押し当てるようなキスをした。

「…………」

普段なら『嫁さんじゃないだろ』と口を尖らせる田宮であるのに、今日は困ったように笑っただけで「はい」と続いてネクタイを差し出してくる。

「おおきに」

再度礼を言い、ネクタイを結びながら高梨は、こんなことならもっと早い時間に田宮から話を聞き出しておくべきだった、と己の判断を悔いた。

「また連絡するけど、多分今日は帰れへん思うわ」

手早くスーツを身につけ、内ポケットに携帯をしまうと高梨は田宮を抱き寄せ『いってきます』のちゅうをした。

「気をつけて」

いつものことなのだが、こうして夜中に呼び出される際、田宮は酷く心配そうな顔をして高梨を見送る。今夜もまた彼の様子は酷く心配そうで、この顔だけはいつもどおりだ、と変に安堵してしまいながら高梨は「大丈夫やて」と笑い、田宮のアパートをあとにしようとドアを出かけた。

「せや」

ドアを閉める前に、やはり気になり、高梨はそう声を上げると、くるりと田宮を振り返る。

「なに？」

忘れ物か？　と問いかけてくる田宮を高梨はじっと見据え「あんな」と口を開いた。

「話したいことがあったら、時間なんか気にせんでええから、いつでも携帯鳴らしてな」

「……あ……」

途端に田宮がどこか困ったような顔になる。

「ええな？」

本当なら、ここでなぜ困るのだ、と田宮を問い詰めたいのだが、事件発生で呼び出されている今、そうもしていられない、と高梨は後ろ髪引かれる思いで、「そしたらな」と微笑むと、思い悩んでいる様子の田宮を残し、アパートを駆け出した。

「……ほんまに、どないしたんやろな……」

今までも田宮は高梨を心配させまいとして、遭遇している危機を隠していたことが何度かあった。

だが今回は、今までとはちょっと違うような気がするのだ——どちらかというと、自分に対する気遣い、というよりはその気遣いをする余裕がないように見えた、と、タクシーを捕まえるために大通りへと急ぎながら高梨は一人唸《うな》りかけたが、

「あかん」

今は事件のことを考えねば、と己に言い聞かせ、断腸の思いで思考を打ち切ると、それを行動に移そうとばかりに早足から全力疾走へと切り替え道を急いだ。

「おう、高梨」

事件現場となった新宿は南口にあるビジネスホテルで高梨を迎えたのは、新宿西署の彼の同期の刑事、納だった。

「サメちゃん、今回もよろしく頼むわ」

「こちらこそ。よろしくな」

笑顔で挨拶《あいさつ》を交わし合う彼らは付き合いが長いというだけでなく、互いの男ぶりに惚《ほ》れ合

い篤《あつ》い友情を育《はぐく》んでいる仲である。

新宿署の納、というところから、人気小説の主人公をもじり『新宿サメ』のあだ名を持つ彼は、サメというよりは熊を彷彿《ほうふつ》とさせる愛嬌のある顔をしている、侠気《おとこぎ》溢《あふ》れる刑事だった。

「やあ、高梨さん、早かったね」

納の背後から高梨に声をかけてきたのは、名物と言われる監察医、栖原《すはら》である。何が名物というと、見立ての確かさは勿論《もちろん》のこと、百八十以上ある立派な体躯《たいく》に、腰まで伸ばした美しい黒髪に花のかんばせという、特徴的というにはあまりある美貌《びぼう》の監察医なのである。

「アキ先生、こんばんは」

こちらも有名な二時間サスペンスの主役を模してつけられたあだ名を持つ監察医に高梨が笑顔を向けながら「ガイシャは？」と問いかける。

「死後三時間ってとこかな。発見が早かったからかなり正確だよ」

「三時間というと、死亡時間は午後八時半から九時、というところか……」

死体は既にビニールシートに覆われていたが、栖原が助手に目で合図をし、シートを捲《めく》らせて高梨らに顔を見せてくれた。

「若いですな。三十前やないやろか。死因は撲殺で？」

遺体の頭の部分のカーペットに血の染みがあることに気づき、高梨が問いかけたのに、

「その通り。因《ちな》みに凶器は部屋に備え付けのクリスタルの灰皿。死体の傍《そば》に落ちていた。指紋は綺麗に拭《ぬぐ》ってあったと鑑識さんが言ってたよ」

高梨の問いに栖原がすらすらと答え、「ね」と鑑識に確認を取る。

「はい、そのとおりです」

鑑識が本庁の刑事への敬意を示したのか姿勢を正して答えたのに「おおきに」と礼を言うと、高梨は改めて遺体を見ながら近くにいた納に問いかけた。

「遺体の身元は割れたんか？」

「ああ、割れた。パスポートを持っていたからな」

「パスポート？　海外旅行にでも行くつもりやったんやろか」

納が「おおい」と鑑識に手をあげ、指紋を採取していたパスポートを持って来させる。

「田辺透《たなべとおる》……二十八歳か。本籍は東京、現住所は記載なし、か……」

手袋をした手で高梨はそのパスポートをぱらぱらと捲ったが、渡航歴がないことに気づき、取得日を見た。

「三ヶ月前に取得か」

「ホテルの予約名は違う名前だった。清水日出夫《しみずひでお》。サンライズコーポレーションという北海道の会社から二名で予約が入っていた。シングル二部屋という予約だったので、ガイシャは同行者だったんだと思うが……」

既にホテルからの聞き込みを終えていた納がすらすらと答えるのに、パスポートを鑑識に返しながら高梨が問いを挟む。

「その清水は？　連絡取れへんのか？」

「ああ。家族と会社に連絡を入れたんだが、まず会社はこんな夜中じゃ当然ながら誰も電話に出ず、家族には特に連絡がないそうだ。携帯番号を聞いたんだが、かけてみたら部屋にあったバッグの中に入ってたよ」

肩を竦めた納に「匂《にお》うな」と高梨が頷いてみせる。

「ああ、この時間にホテルに戻っていないのは怪しい。今、写真を取り寄せているところだ」

納もまた頷いたのだが、続く高梨の、

「ガイシャもサンライズコーポレーションの社員やったんやろか」

という問いには「それがな」と眉《まゆ》を顰《ひそ》めた。

「なに？」

「いや、サンライズコーポレーションって会社は、清水日出夫が社長をしている、従業員数八名の小さな会社で、奥さんも社員全員の顔も名前も知ってるんだが、ガイシャの名前は聞いたことがないというんだな」

「そしたらこの田辺は、清水の同泊者やなかった可能性がある、言うんやな」

「ああ、東京出張に同行したのは田宮という社員だったそうだ」

「田宮……」

高梨がつい聞いた名を繰り返してしまったのは、気がかりを残したままになっている自分の恋人と同じ姓だと思ったからだった。

「同じだな」

納の頭にも同じ人物の顔が浮かんだらしい、うむ、と頷くと、

「その田宮という社員とも連絡を取ろうとしているんだが、自宅にかけても誰も出ず、携帯も通じない」

「清水と田宮、二人して姿をくらました、言うわけやな」

「……まあ、そういうことになるな」

高梨と納、二人して頷き合ったあと、視線を死体へと移す。

「まずはガイシャの身元確認やな。それから清水や田宮との関係」

「そうだな。まあ、パスポートがあるからたいした手間はかからねえと思うが」

高梨と納は再び頷き合ったのだが、このパスポートが事件に思わぬ展開を引き起こした。

パスポート取得者であった『田辺透』が国分寺市在住の会社員だということはすぐに知れたのだが、なんと『田辺透』はあの遺体とはまったくの別人で生存していたのである。

それでは一体あの遺体は誰のものなのか、と大騒ぎになる中、姿をくらましたという清水

と田宮の写真が道警より届いたのだが、その写真を見てまた捜査本部は驚きに沸いた。遺体の顔は、サンライズコーポレーションの社長、清水と瓜二つであり、指紋照合や上京してきた妻の証言から、まさしく清水本人であることがわかったのである。

「一体どういうことなんだ⁉」

事件発生から半日が経った昼過ぎにはそれらのことが判明し、その後すぐに新宿西署で捜査会議が開催された。疑問の声が渦巻く中、捜査の指揮を執ったのは高梨だった。

「田辺透名義のパスポートは偽造されたものではなく、正規の手続きで発行されたものやった。田辺さん本人が狐に摘まれたとしか思えないと言ってはるのですが、どうも巧妙な手口に引っかかって、本人も知らない間に身分証明書を悪用され、勝手にパスポート申請をされてしまったようです」

彼の発言を受けて、部下である本庁の竹中《たけなか》が挙手し、調べたことを読み上げ始めた。

「調べましたら、似たようなケースがいくつかありましたが、すべて暴力団絡みです。ＩＣ旅券となり、偽造パスポートが作りにくくなったためにこうした手口が増えたのだと思われます」

後日わかったことだが、田辺透は半年ほど前に飲み屋で知り合った女性と一時深い仲になり、女性は毎日のように彼のアパートに入り浸るようになった。彼女との付き合いはひと月ほどしかもたず、そのうちに連絡も取れなくなってしまったのだが、その際に身分証明書を勝手に持ち出され、パスポート申請をされてしまったらしい。

「しかし清水はなぜ他人名義のパスポートが必要だったのでしょう。何か犯罪に関与していると思われるのですが」

竹中に、ご苦労、と目を細めてみせたあと、高梨が周囲を見渡し、意見を求める。

「はっきりと犯罪と言えるかは疑問ですが、どうも彼の会社である『サンライズコーポレーション』、これがきな臭《くさ》いようです」

新宿西署の刑事が挙手し、手帳を捲り捲り意見を述べてゆく。

「もともとは輸入品などを手がけている雑貨の通販会社だったのですが、今はファンド会社となっています。投資家から金を集め、上場が見込まれるベンチャー企業に投資し、キャピタルゲインっていうんですか？　配当を分けるんですが、どうも最近、この配当が滞《とどこお》っているようでして、投資家から問い合わせや苦情が殺到しているらしいです」

「横文字ばかりでわからんなあ」

新宿西署の年配の刑事が溜め息をつくのに、室内がどっと沸いたのは、皆口に出さないながらも理解しかねる内容であるかららしかった。

「金を集めるだけ集めて、足がつく前に本人は海外にドロン——ということやったんかもな」

ここはわかりやすく、と高梨が話を簡略化し、発表していた若い刑事に「どのくらいの金が集まっとったのですか」と問いかける。

「ファンド会社としては小規模だったようですが、少なく見積もっても十億はくだらないそうです」

「十億か」

ようやく話が見えてきた、と刑事達が頷く中、高梨が他の側面から問いを発する。

「家族は？　会社がヤバいことに手を染めとるゆうことを、わかっとったんでしょうか」

「いや、おそらく何も知らないと思います。奥さんは地元名士のお嬢さんだそうで、世間知らずというか、生活感がないというか、夫の会社がどんな仕事をしているかまるでわかっていなくてですね、未だに海外通販をやっていると思っていたようでした」

「夫婦仲は？」

肩を竦めた若い刑事に、高梨が更に問いかける。

「良好この上ないといった状態だったようです。因みに二人の愛の巣は、妻の実家が彼らのために購入した、道内でも有数の高級マンションです」

「わかりました。ありがとう」

高梨が若い刑事に笑顔を向けたあと、「さて」とまた周囲を見渡し、今後の捜査方針を発表した。

「被害者が清水となると、我々が探すべきは清水と共に上京したという田宮の行方です。それを主軸に、犯行時刻前後のホテル近辺の聞き込みと合わせ進めていきましょう」

「わかりました」

「了解です」

口々に賛同の意を表明する刑事達に「よろしく頼みます」と笑顔を向け、捜査の班分けをする。

会議中、道警から『サンライズコーポレーション』宛の苦情をとりまとめた資料が届いたのだが、それをチェックし、また清水の交友関係を洗い直し——あれこれとやらねばならないことを考えると、今夜もまた帰れそうにないな、と密《ひそ》かに溜め息をつく高梨の脳裏に、まだ離れてから半日しか経たない愛しい恋人の幻が過《よ》ぎる。

あれから電話もできずにいたが、田宮は元気にしているだろうか、と高梨は携帯を取り出しかけたのだが、彼も仕事中だろうと思うとかけるのは躊躇《ためら》われ、再びポケットへとしまった。

もしもこのとき時刻にかまわず携帯を鳴らしていたら、という後悔に苛《さいな》まれることになろうとは、未来を見通す力のない高梨にはわかるはずもない。愛しい恋人を気に掛けながらも、その恋人のもとへと一日も早く戻るためにはまず事件の解決だと、自らに気合いを入れると、高梨は道警からの書類に目を通し始めた。

時刻はその日の朝まで遡《さかのぼ》る。

夜中に高梨を送り出したあと、眠れぬ夜を過ごした田宮は、酷く重い頭を抱えながら通勤電車に揺られ、定時の一時間半前には社の傍を歩いていた。

早朝は電話も鳴らないため、仕事が立て込んでいるときにはその時間に出社することも多いのだが、田宮には今のところ、それほどまでに急いでやらねばならない仕事はなかった。

今日、早朝に出社したのは、家で一人あれこれと考えているよりはまだ会社で仕事をしていたほうが気が紛れると思ったためなのだが、それにしても早く来すぎたか、と溜め息をついた田宮の視界に、社の前に佇《たたず》む見覚えのある人物の姿が飛び込んできた。

「え？」

どうして、と思わず田宮が小さく声を上げたのと、

「あ」

その人物が田宮に気づき、駆け寄ってきたのが同時だった。

「兄さん」

田宮の社の前で、どこか思い詰めたような顔をし佇んでいたのは、俊美だった。

「どうしたんだ？」

なんだか様子がおかしい、と田宮が俊美の顔を覗き込む。

「……話があるんだ。ちょっとでいいから、時間、もらえないかな」

と、そのとき唐突《とうとつ》に田宮の腕に縋《すが》り、訴えかけてきた俊美に、一体何が起こったのかと動揺しつつも田宮は「わかった」と頷くと、社の近くにある喫茶店へと彼を連れていった。

八時前という早い時間ゆえ、店内は空いていた。一番奥のテーブルで向かい合い、オーダーをとりにきたボーイを「コーヒー」と言って追い払ったあと、田宮は改めて俊美の青ざめた顔を、何ごとが起こったのかという心配と共に見やった。

俊美は少しも寝ていないような顔をしていた。スーツもシャツも、そしてネクタイも昨日別れたときと寸分変わらぬものであることから、田宮は俊美がホテルには戻らず、下手をすると一睡もしていないのではないかと推察し、彼に声をかけた。

「どうした？　話って、一体なんだ？」

「…………」

田宮の問いに、俊美はびくっと大きく身体を震わせたが、彼が伏せた目を上げることはなかった。

「何かトラブルにでも巻き込まれたのか？」

『話がある』と言ってきたのは俊美だというのに、口を開こうとしない彼に、余程のことが起こったのかと心配し、田宮が問いを重ねる。

そう問いはしたものの、さすがに田宮もそこまでの『余程のこと』を想像していたわけではなかった。仕事絡みのトラブルか、はたまた人間関係かと思いを巡らせていた彼は、それゆえ、俊美が心を決めたようにごくりを唾《つば》を飲み込み告げた言葉には仰天し、思わず大きな声を上げてしまったのだった。

「……人を……人を殺してしまった」

「なんだって？」

青ざめた顔を伏せ、肩を震わせている俊美に嘘をついている様子はない。何がどうなっているのだと動揺する田宮の脳裏にはそのとき、昨夜電話で呼び出され捜査へと向かっていった高梨の——彼が誰より大切に思う愛しい恋人の顔が浮かんでいた。

4

思いもかけない俊美の告白に動揺した田宮だが、目の前で青ざめている弟が嘘をついている様子がないことがわかると、こんな衆人環視のもとでは話などできないとすぐに判断した。

「行こう」

先ほど大声を上げたとき、ボーイや他の客がちらと自分たちのほうを見た気がしたせいもあり、田宮はきたばかりのコーヒーに手をつけもせずに立ち上がると俊美の腕を摑んだ。

「兄さん」

「ウチに行こう。そこでゆっくり話を聞くから」

田宮の言葉に、俊美は少し躊躇を見せたが「さあ」と彼が促すと大人しくあとをついてきた。

レジで会計をするときにも、前日には「自分で出す」と言った俊美は、今日は気を回すことができないようで、田宮が支払うままに任せていた。

喫茶店を出ると田宮はすぐに大通りへと向かい、空車のタクシーに手を上げた。

「乗ってくれ」

呆然としている俊美を先に乗せ、あとから乗り込んだ田宮は、運転手に「東高円寺《ひがしこうえんじ》」と行き先を告げると、「ちょっとすまん」と俊美に断り、社の先輩、杉本《すぎもと》のアドレスに所用のため出社が遅れる旨、携帯からメールを送った。

午前中のアポイントメントは特になかったと思うのだが、とポケットから取り出した手帳で確認していた田宮の耳に、傍らから抑えた溜め息が響いてくる。

「大丈夫か」

酷く思い詰めている様子の俊美に田宮はできるだけ平然と声をかけた。自分まで動揺しては俊美の動揺も増すだろうと思ったためである。

「……うん……」

俊美は微笑みを浮かべ、頷いてみせたが、その笑みはどう見ても無理をして作ったものだった。

「東高円寺ってどの辺にあるの？」

「新宿よりちょっと西だよ」

本来なら一刻も早く胸の内を告白したいだろうに、運転手の存在を気にして話せないでいる。それゆえ、というわけでもないのだろうが、俊美はぽつぽつと田宮に問いを発し、田宮もまたぽつぽつとその問いに答えていった。

「大学入った頃から、アパート変わった？」

「うん、二回くらい引っ越した」

「今のところは長いの？」

「ああ、もう何年になるかな……結構長いよ」

会話は成立していたが、内容はどうでもいいようなことばかりで、聞いたほうも答えたほうも、頭に残るようなものではなかった。

タクシーは渋滞に巻き込まれることもなく、二十分ほどでアパートの近所まで戻ってきた。

「ここでいいです」

環七で車を降り、料金を支払うと田宮は俊美を連れ、朝出てきたばかりの自分のアパートへと戻った。

「お邪魔します」

部屋に案内すると、俊美は一瞬、興味深そうに室内を見渡したが、田宮がダイニングのテーブルへと彼を導き「何か飲むか？」と尋ねたときには、強張った顔に戻っていた。

「……いいよ」

「コーヒーはさっき頼んだからな。茶か、水か」

遠慮する彼に田宮は問いを重ねて「それなら水」と聞き出すと、彼の分と自分の分の二本のエビアンのボトルを冷蔵庫から取り出し、一本を俊美に手渡した。

「ありがとう」

そのときに互いの指先が触れあったのだが、冷蔵庫に入っていたペットボトルよりも尚冷たく感じる俊美の指に、田宮の中で心配が募る。

「……そうだ、腹、減ってないか？」

話を聞きたいのはやまやまだったが、焦らせることで彼を追い詰めることになるのでは、と気遣い、田宮は敢《あ》えて違う話を振ってみた。

「……大丈夫……」

おそらく俊美は前夜から何も食べていないと思われるのだが、首を横に振り、きゅっと唇を嚙《か》んだ。

何から話していいのか、考えている様子の俊美を前に、田宮もまた沈黙する。

カチカチという壁掛けの時計の秒針の音のみが響き渡る中、かれこれ五分も黙り込んでいた俊美が、ようやく口を開いた。

「……社長を……清水先輩を殺してしまった」

「……一緒に東京に出張に来てた人だよな？」

確認を取った田宮に俊美が「うん」と頷く。

「何があったんだ？」

それきりまた黙り込みそうになった俊美に、田宮が静かな声で問いかける。俊美は暫く唇を嚙んで俯いていたが、やがて、ぽつり、ぽつりと話を始めた。

「……昨日も言ったけど、僕の勤め先は会員から集めたお金を投資する、ファンドの会社なんだけど、最近会員への配当も滞ってて、苦情が殺到しているんだ。どうも社長が——清水先輩が、集めた金を他に流用しているんじゃないかという疑いが出てきて、社員一同で社長を問い詰めたら社長に『そんなことするわけがない』と一蹴《いっしゅう》されて……」

俊美はそこまで話すと、喉《のど》が渇いたのかペットボトルを開け、水を一口飲んだ。ごくりと彼の喉が上下するさまを痛々しい思いを胸に眺めつつ、田宮は再び俊美が口を開くのを待った。

「先輩には随分よくしてもらったし、付き合いも長いしで、先輩の言葉を信じたかったんだけど、状況はどう見ても嘘をついているとしか思えなかった。社員のほとんどがそう思ってて、更に社長を問い詰めたら、投資先の東京の会社が今度いよいよ上場する、その社長に挨拶のために東京に出張するから、疑うのなら一緒にくるがいいと言われて、それで社員を代表して一番付き合いの長い僕が一緒に上京したんだけれど……」

俊美がここで言葉を詰まらせ、唇を嚙む。おそらく、社長の——彼の先輩の話は嘘だったのだろうと田宮は推察し、話を促すために問いを発した。

「……上場の話は嘘だった？」

「……うん……」

田宮の言葉に、俊美はがっくりと肩を落とし頷いたあと、またぽつぽつと話を始めた。

「東京には昨日の夜に入ったんだ。アポは翌日の朝ってことだったから。僕は空港から兄さんのところに直行して、先輩はホテルに先にチェックインしてた。ホテルに戻ってから、翌日の朝の打ち合わせをしようと先輩の部屋に行ったら、話があると言われて……」

「どんな話だったんだ？」

またも口籠もる俊美に、辛抱強く田宮が問いを重ねる。

「……まず、明日アポなど取ってないと言われた。どうして、と聞くと、実は投資先と会うこと自体が嘘だと打ち明けられた。ファンドに参入するにはまだ自分は勉強不足で、あっという間に負債が増し、配当どころではなくなってしまった、会社ももうお終《しま》いだって……」

「……それで？」

そのときのことを思い出したのか、だんだんと興奮してきた様子の俊美は、田宮の相槌が耳に入っていないかのように話を続けた。

「負債を埋めるために金策に駆けずりまわった挙げ句、あまりタチの良くない金融業者に金を借りてしまった、このままだと自分は命を落とすことになるかもしれない、だから海外に高飛びする、頼むから見逃してくれ、と言われて、僕はもう頭に血が上ってしまって……」

俊美はここで紅潮した顔を田宮へと向け「だって」と一段と激しい語調になり話し出した。

「先輩が逃げたら残された社員はどうなる？　自分だけ逃げるなんて勝手じゃないか、と詰《なじ》ったら、俺を殺す気かと居直られた。殺されるというのなら警察の助けを借りようと説得していくうちに、どうやら社長が高飛びするのはヤクザな金融業者から身を守るためなんかじゃなく、ただ単に会員から集めた金を持ち逃げしようとしているだけだとわかって、もう僕は激昂《げっこう》してしまって……っ」

一気にそこまで喋った俊美が息を呑み言葉を詰まらせる。

「俊美？」

どうしたのだ、と顔を覗き込んだ田宮に俊美は一瞬縋るような視線を向けてきたのだが、すぐにその目を伏せると、ぼそぼそと力なく言葉を続けた。

「……言い争っている間にだんだんとお互い興奮してきてしまって、最後はつかみ合いの喧《けん》嘩《か》になった。殴りかかってきた社長を突き飛ばしたら、勢い余って後ろに倒れ込んだ社長がテーブルの角に頭をぶつけて、それで……」

そこまではなんとか喋ったものの、そのときの状況を思い出したのだろう、俊美は「ああ」と大きな溜め息をつくと、両手に顔を埋《うず》めてしまった。

「……そのまま、亡くなってしまった？」

どうするか、と思いながらも確認を取ろうとした田宮の言葉に、俊美は言葉ではなく、コクコクと二度、首を縦に振って肯定の意を伝えてきた。

「……そうか……」

他になんとも言いようがなく、そう小さく呟くと、田宮もまた抑えた溜め息を漏らす。

俊美に社長を殺す意思はなかったとはいえ、彼の行為は『殺人』に違いなかった。どうしたらいいのだ、と途方に暮れながら田宮は、目の前でがっくりと肩を落とす俊美を見やる。『どうする』も何も、俊美のすべきことは一つしかない。今すぐ警察に出向き事情を説明することである。意図的ではなかったとはいえ、俊美が人を殺したというのは紛《まが》う方《かた》なき事実であり、その罪を逃れるすべなどあろうはずもなかった。

俊美とてそのくらいのことはわかっているはずなのに、なぜ彼は自首をしないのか。勇気が挫《くじ》けてしまっているのであれば、自分が警察署まで同行しよう、と田宮は小さく息を吐き出すと立ち上がり、テーブルを回って俊美の背後へと歩み寄った。

「俊美」

名を呼びながら肩に手を置くと、俊美はびくっと大きく身体を震わせたあと、おずおずと両手に伏せていた顔を上げ田宮を振り返った。

「警察に行こう」

できるだけ刺激しないようにという配慮から、笑みを浮かべ、優しい声で告げながら田宮がじっと俊美の目を覗き込む。

「……勿論、僕だって自首するつもりだったんだ……」

俊美の顔がくしゃくしゃと歪《ゆが》み、彼の切れ長の目にみるみるうちに涙が盛り上がっていく。頬を伝い落ちる大粒の涙に思わず言葉を失ってしまった田宮は、苦渋に満ちた顔で告げられた俊美の言葉に、ますます何も言えなくなっていった。

「自首すれば即逮捕だろうと思ったとき、母さんの顔が浮かんだ。今でさえあんなにショックを受けてるんだ、僕が殺人罪で逮捕されたりしたら、更にショックを受けて、手術どころではなくなってしまうかもしれない。そう思ったら、せめて逮捕される前に母さんに会って事情を説明したいと、居ても立ってもいられなくなって……」

「……それは……」

気持ちはわかるけれど、と言葉を続けようとした田宮だったが、いきなり立ち上がった俊美に逆に手をぎゅっと両手で握られ、ぎょっとして身体を引きかけた。

反射的な動作だったのだが、俊美はそうは取らなかったらしく「ごめん」と慌てた様子で田宮の手を離すとその場で項垂《うなだ》れてしまった。

「あ、いや……」

違うんだ、と再び田宮が俊美の上腕を摑み、顔を覗き込もうとする。

「……兄さん……」

またも俊美がおずおずと目線を上げ、田宮をじっと見返してくる。酷く潤んだ瞳を目の前に、田宮は、

「大丈夫」

自分がついているから、と深く頷いたのだが、俊美が切々と訴えかけてきた言葉には、頷

くことができず固まってしまったのだった。

「……母さんのこと、頼むね。どうか支えてやってほしい。無事に手術が終わるまで見守ってやってほしいんだ」

「…………」

返事に詰まった田宮に縋り、俊美が尚も懇願する。

「頼む。兄さん、僕がこんなことになってしまった今、母さんにはもう、兄さん以外頼るべき人間はいないんだ」

「…………」

俊美の言葉に田宮がどうしても頷けずにいたのは、母が自分を果たして頼りにするだろうかという疑問のせいだった。

『あなたのせいよぅ』

髪を振り乱し、泣きじゃくっていた母の喪服姿が田宮の脳裏に蘇る。もう十年以上も前の出来事なのに、未だ鮮明に蘇るこの記憶は、自分に限ったことではなく母もまた同じなのではないかと思うだけに、「任せろ」とは言えずにいたのであるが、自分が頷かない限り俊美は安心して自首できないに違いないと田宮は察した。

「わかった」

受け入れては貰えないかもしれない、支えなどいらないと拒絶されるかもしれないが、少なくともこっそりと見守ることはできる。俊美が罪を償い終えるまで母を見守り続けようと田宮は縋り付く弟を真っ直ぐに見返し、大きく頷いてみせた。

「兄さん……」

俊美が安堵の息を吐き、泣き笑いのような顔になる。

「……頼むね」

そうして深く田宮に頭を下げると、腕を放し「悪いんだけど」と改めて田宮を見下ろした。

「電話、貸してもらえないかな」

「電話？」

「うん。携帯のバッテリーが切れてしまって……出頭する前に、母さんに電話を入れておこうかと……」

「……ああ……」

俊美の顔色は未だに青かったものの、表情は随分と落ち着いていた、とあとから田宮はそのときのことを思い起こし、直後の彼の変化に首を傾げることとなる。

「体調がいいようなら、電話口に呼んで貰えると思うんだけど……」

内ポケットから手帳を取り出し、電話番号を探し始めた彼に田宮は、「電話はあそこだから」と指差して教えると、自分は携帯を取り出し高梨の番号を呼び出した。

俊美が自首したあとのことを頼もうと思ったためなのだが、本人の前でかけるのも何かと田宮が携帯を閉じたとき、電話のところに歩み寄っていった俊美が、酷く驚いた声を上げた。

「兄さん、これ、何？」

「え？」

非難がこもっているとしか思えない声音《こわね》に戸惑い、田宮が顔を上げる。

「あ……」

そのとき彼の目に飛び込んできたのは、写真らしきものを自分に向かい突きつけてくる俊美の姿だった。

「あ」

俊美が手にしているのが、高梨がボードに貼り付けた例の『結婚しました』葉書だと気づいた田宮の口から、驚きの声が漏れる。

「……気になってたんだ。この部屋、一人で暮らしているようには見えなかったし」

「俊美……」

「どういうこと？　兄さんはこの男と暮らしているの？　二人の関係は？　まさか本当に夫婦ってわけじゃないんだろ？」

「聞いてくれ、俊美、あのな……」

違うんだ、と説明をしようとした田宮の頭に、『何が違う』という己の声が響く。結婚こそしていないものの、写真に写る高梨と『同棲』しているのは事実である。

だがさすがにそれを弟に――会うのはほぼ十年ぶりとなる弟に告げることは躊躇われ、口籠もった田宮に俊美は駆け寄ると、再び縋り付くようにして問いかけ始めた。

「これは単にふざけただけなんだろ？　兄さんは別にゲイじゃないよね？」

「それは……」

自分がゲイであるか否かという自覚は、実は田宮にはそうないのだった。異性よりも同性に惹かれる、と意識したことは一度もない。

男全般が好きなわけでなく、高梨のみが特別な存在なのだ、というのが事実ではあるのだが、やはり田宮はその言葉をそのまま俊美にはぶつけられずにいた。

「違うんだよね？　兄さん、なんとか言ってくれよ」

田宮の腕を摑み、身体を揺さぶってくる俊美の様子はあきらかにおかしかった。酷く思い詰めた目でじっと田宮を見据えている。

世の中にはゲイを嫌悪する人間がかなりの数いるということを田宮も知ってはいた。俊美もそうなのだろうかと思ったのだが、それにしては彼の表情は悲愴過ぎた。

「兄さん！」

痛みを覚えるほどの力で肩を摑まれ、揺さぶられる。興奮しているらしいのに俊美の顔色は白いほどに青く、目だけがぎらぎらと変な光を湛《たた》えていた。

『違う』――そう言ってほしい、という願望が、俊美の全身から伝わってくる。彼を安堵させるには『違う』と答えるべきであるということは田宮にも充分わかっていたのだが、真面目《まじめ》な彼はどうしても嘘をつくことができないでいた。

自分がゲイであるか否かは別にして、最も愛しているのは同性である高梨にほかならない。その事実を曲げることはやはりできない、と田宮は真っ直ぐに俊美を見返し、首を横に振った。

「兄さん……」

意味を計りかねたのか、俊美が呆然とした顔になり、尚も強い力で田宮の肩を摑む。

「どういうこと……？　もしかして、本当に兄さんは……」

ゲイなのか、と問いかけようとしたのであろうが、俊美の唇はわなわなと震えるばかりで言葉を発することができないようだった。

こうも彼を動揺させていることに罪悪感に似た思いを抱きながらも、田宮は今度はゆっくりと首を縦に振り、口を開いた。

「……自分がゲイかどうかはわからないけれど、その写真の人は俺が大切に思う人で、この部屋で一緒に暮らしているんだ」

「…………っ」

カミングアウトという言葉は勿論田宮も知っていた。高梨が実にオープンな性格ゆえ、彼は職場でも、そして家族にも田宮の存在を明らかにしていたが、田宮は高梨とのことを、誰

にも自分からは打ち明けたことがなかった。

初めての告白に田宮の声は酷く掠れ、震えてしまってはいたが、口調はきっぱりとしていた。それは高梨との関係にやましい気持ちはないという田宮の心の表れだったのだが、目の前で俊美があたかも雷に打たれたかのような酷い衝撃を受け絶句したのを見た途端、田宮の胸に一抹《いちまつ》の後悔の念が宿った。

「俊美……」

俊美が平常な状態であれば話は別だが、今、彼は「平常」とはかけ離れたところにいる。人を殺してしまったショックに、病床の母への心配が重なったところにもってきての、兄である自分のカミングアウトである。衝撃に打ちのめされているところに更に衝撃を与えずともよかったのではないか、と田宮は彼を見上げ詫びようとしたのだが、

「信じられない！」

そのとき俊美が、摑んでいた田宮の肩を力一杯押しやってきたのに、勢いあまって田宮は後ろへと倒れ込んでしまった。

「痛っ」

「信じられない、信じられないよ」

突き飛ばした田宮に詫びようともせず、呆然とした表情で繰り返す俊美の目はどこか遠いところを見ていた。ぶるぶると全身を震わせている彼の顔色は相変わらず真っ白で、常軌《じょうき》

を逸《いっ》しているかのような雰囲気が伝わってくる。

「俊美」

倒れ込んだときに酷く足を捻《ひね》ったせいで、田宮はすぐには立ち上がれずにいたのだが、そんな彼に手を貸すこともせずぶつぶつと呟いていた俊美は、田宮に名を呼ばれたのに、はっと我に返った顔になった。

「俊美……」

落ち着いてくれ、と田宮は俊美に訴えようとしたのだが、俊美は落ち着くどころか、

「信じられない！」

そう絶叫したかと思うと、そのまま部屋を飛び出していってしまった。

「俊美！」

どこへ行くんだ、と田宮はなんとか立ち上がり、あとを追おうとしたのだが、途端に足首に激痛が走り、「う」とその場に蹲《うずくま》った。

捻挫《ねんざ》のようだ、と腫《は》れた足首を見やったあと、内ポケットから携帯を取り出し、また高梨の番号を呼び出したものの、やはりかけることはできずに二つ折のそれをたたんだ。

どうしよう——どうしたらいいのだ、と少しも働かない頭で田宮は必死に考える。

まずは俊美を追い、彼を落ち着かせた上で自首させる、そのためには、と田宮は這《は》うようにして薬箱をしまってある場所へと移動すると、足首に湿布《しっぷ》をしサポーターで固定した。

痛みはまだあるものの、少しは楽になった、と思いながらそろそろと立ち上がり、体重をかけぬように歩いてみる。

痛いが、歩けないほどではない、と田宮は「よし」と頷くと、またポケットから携帯を取り出し、会社の電話番号をプッシュした。

『はい、T通商です』

当然事務職が出ると思っていたのに、電話の向こうから聞こえてきたのは男性の――それも聞き覚えがいやというほどにある、富岡の声だった。

「あ……」

事務職が応対に出たら、先輩の杉本か課長に繋《つな》いでもらおうと思っていたのに、意外な人物が出たことに動揺し、田宮が言葉に詰まる。

『あれ？　田宮さん？』

その『あ』という一言で田宮と看破するとは見事としかいいようのない富岡が問いかけてきたのに、田宮の動揺はさらに煽られ「ああ」と答える声が変に掠れてしまった。

『体調でも悪いんですか？　大丈夫？』

富岡が心配そうに問いかけてくる声を聞き、そうだ、体調不良を理由にしようと田宮は咄《とっ》嗟《さ》に考え口を開いた。

「申し訳ないんだけど、ちょっと具合が悪いんで今日は休むと、課長と、それから杉本先輩に伝えてもらえないかな」

『………』

電話の向こうでなぜだか富岡が沈黙する。当然『大丈夫ですか』的な言葉をかけてくるだろうと予測していた田宮の胸が、どきり、と変に脈打った。

『田宮さん、何かありました？』

勘の良さでは刑事をも凌《しの》ぐと自画自賛するだけのことはある冴《さ》えをみせ、富岡が静かに問いかけてくる。

「……いや……」

参ったな、と田宮は内心冷や汗をかきながらも、ここは嘘をつき通すしかないと早口になり言葉を続けた。

「体調が悪いだけだ。申し訳ないけど伝言を頼む。それじゃ」

『田宮さん？』

待ってください、という富岡の声に答えることなく田宮は電話を切ると、電源を切ろうかどうか迷いはしたが、結局入れたまま内ポケットにしまい玄関へと向かった。

「痛っ」

靴を履《は》いたときにまた足首を痛みが襲ったが、唇を噛んでそれを堪え、戸締まりをして部屋の外に出る。

果たして俊美はどこに向かったのか――東京に彼の知り合いがいるかどうかもわからず、居所に心当たりなどまるでない。

どうしよう、と田宮は暫しその場で立ち止まって考えたが、あれだけ母親のことを気遣っていた俊美なら、北海道に戻ることを考えるかもしれないと思い、タクシーをつかまえるべく大通りへと向かった。

歩くうちに足首の痛みは増していったが、かまってなどいられない、と唇を噛んで痛みを堪え、田宮は必死で歩き続ける。

ようやく到着した環七で運良くすぐにやってきたタクシーに乗り込み「羽田空港」と告げたあと、田宮はまたも携帯を胸ポケットから取り出し、じっと眺めた。

やはり高梨に知らせたほうがいいのではないか――どう考えても知らせるべきだと思うのに、田宮の手はまた携帯を閉じ、握りしめたその拳を胸に押し当てていた。

高梨であればきっと、俊美をすぐにも探しだし、おそらく『逮捕』ではなく『自首』という形をとらせてくれるに違いないのである。俊美は随分と動揺していた。自棄《やけ》になった彼が変な暴走を見せないとは限らない。それを阻止するためにも、少しでも早く高梨に助けを求めるべきだと頭ではわかっていたが、どうしても田宮には、自分の口から俊美の犯行を告げることができなかった。

それは俊美への――ひいては彼の母親への負い目ゆえなのだが、と田宮が溜め息をついたとき、握りしめていた携帯が着信に震えたのに驚き、誰からだとディスプレイを見た。

「…………」

そこに富岡の番号が浮かび上がったのに、どうするか、と田宮は暫し逡巡《しゅんじゅん》したあと、無視することもできないかと諦め応対に出る。

「もしもし」

『田宮さん、今、どこです？』

開口一番問いかけてきた彼は、田宮が『家』と答える可能性をまるで無視していた。

「なんだ」

何か用か、と田宮は問い返したのだが、続く富岡の言葉には、う、と息を呑むことになった。

『なんだか胸騒ぎがしたんで、ネットニュースを検索したんです。そしたら、新宿のホテルで殺人事件があって、重要参考人として「サンライズコーポレーション」という北海道の会社の社長の行方を探してるって。この会社、弟さんの勤め先じゃなかったでしたっけ？』

「…………」

本当に彼は刑事にでもなったほうがいいんじゃないか、と絶句した直後、待てよ、と田宮は疑問を覚え、思わず富岡に問い返してしまった。

「おい、重要参考人が社長なのか？　殺されたのがじゃなく？」

『え？』

田宮の問いかけが意外だったようで、今度は富岡が一瞬絶句したあと『ええ、ニュースには社長を探していると書いてありましたが？』と訝しげに答えて寄越した。

「そうか……」

どういうことなのだろう——俊美が社長を殺したといった話とまるで矛盾しているじゃないか、と考え込んでしまった田宮の耳に、富岡の苛立《いらだ》った声が響いてくる。

『田宮さん、今どこにいるんです？ 何をしようとしてるんですか』

「富岡、悪い。また連絡するから」

少し考える時間をくれ、と田宮は一方的にそう言うと、『待ってください』という富岡の声を無視し電話を切った。

その後は電源も落とし、ポケットに突っ込んでから、座席の背もたれに身体を預け、はあと大きく溜め息をつく。

富岡の言うことが本当だとすると、死んだのは一体誰なのだ、という話になってくる。こんなことならモバイルを持ってくればよかったと田宮は悔やんだが後の祭りだった。

このことを俊美に知らせたくても、確かバッテリーが切れたと言っていたし、第一彼の携帯番号を知らないのだ、とまたも大きく溜め息をついた田宮の耳に、俊美の悲愴感漂う声が蘇る。

『信じられない……信じられないよ』

自分の——兄の恋人が同性であることに、あれほどまでに拒絶反応を起こすのには、何か理由があるのだろうか、と田宮はちらとそんなことを考えたが、彼のような反応を見せる人間は他にもたくさんいるだろうと思い直し、またもはあ、と大きく溜め息をついた。

空港に行ったところで俊美に会える保障はない。なんとか俊美と連絡を取る方法はないものかと必死で頭を絞りはしたが、いい考えは一つとして浮かばず、途方に暮れるままに時間だけが過ぎていく。

やはり高梨に、と田宮は何度も携帯の電源を入れかけたのだが、どうしても思い切りがつかずに開きもせずにポケットに戻すという動作を繰り返した。

途中道が酷く渋滞し、やきもきとした思いで到着を待っていた田宮は、運転手にラジオをつけてくれと頼んだ。

「ＮＨＫでお願いします」

ニュースを聞くためだったのだが、新宿での殺人事件はアナウンサーから告げられることなく、交通情報が流れ始めたのに、田宮は運転手に礼を言い、ラジオを消してくれと頼んだ。

田宮の様子に落ち着きがないためか、普段彼は運転手には何かと話題を振られることが多いのだが、話しかけられることもないままにようやく車は羽田空港へと到着した。

出発ロビーのある階で降ろしてもらい、痛む足を引きずりながら北海道行きの飛行機の時刻表を求めて空港を歩いていた田宮は、目の前に思いも掛けない――否、よく考えれば予想できないでもなかった人物の姿を認め、驚きに目を見開いた。

「どうしたんです⁉　その足」

慌てた様子で田宮に駆け寄ってきたのは、彼の身を案じ、持ち前の勘の良さで行き先を突き止めたらしい会社の後輩――田宮への片恋を募らせている富岡だった。

「お前、どうしてここに……」

呆然《ぼうぜん》と立ち尽くしていた田宮《たみや》に富岡《とみおか》は駆け寄ってくると、

「大丈夫ですか？　肩、貸しましょうか」

と田宮の腕を摑《つか》んだ。

「それよりどうして」

大丈夫、と彼の手を払いのけ、田宮が同じ問いを繰り返すと、富岡は、少し照れたように笑ってみせた。

「刑事の勘です。もしかして田宮さん、北海道に行こうとしてるんじゃないかと思って」

「……………」

その勘はハズレだ、と心の中で呟《つぶや》く田宮の顔を、富岡が心配そうに覗き込んでくる。

「足、どうしたんです？　歩けますか？」

「歩ける。いいからお前、帰れよ」

我ながら邪険な口調で言い捨て、田宮は富岡を押しのけて前へと進もうとしたのだが、弾みで足に体重がかかってしまい、う、と痛みに呻《うめ》いた。

「だ、大丈夫ですか」

富岡が慌てて田宮の腕を摑み、身体を支えようとする。

「……大丈夫だ……」

「全然大丈夫じゃないじゃない」

まったく、と呆《あき》れた声が傍らからしたのと同時に強引に腕を引かれ、「よせ」とよろけたところを腰に回された富岡の腕に支えられた。

「何しようとしてるか知りませんが、その足じゃ思うように動けないでしょ。肩、貸しますよ」

「いいって言ってるだろ」

離せ、と田宮は富岡を押しやろうとしたが、もともと体格も腕力も劣っている上に足の痛みのせいもあって、彼の手を振り払うことはできなかった。

どうするか――田宮は暫《しば》し迷ったが、富岡の言うように、彼を振り払うことも無理なら、一人で痛む足を引きずり俊美《としみ》を捜すのも難しそうである。

ここは富岡の力を借りるべきか、と田宮が腹を括《くく》ったのを見越したかのようなタイミングで富岡はにっと笑うと、

「で、どこに行くんです？」

田宮の身体《からだ》を支えながらゆっくりした歩調で歩き始めた。

「……弟を捜したい」

ずきずきと痛む足をかばいながら、できるだけ速く歩こうと心がけつつ田宮がそう言うと、

「弟さん？」

富岡もまた歩調を速めてくれ、田宮に確認を取ってきた。

「俊美君っていいましたっけ」

「そうだ」

答えながらも田宮は周囲を慌ただしく見渡していた。

「アナウンスは……しないほうがいいんですね？」

思い詰めた田宮の顔から答えを聞くまでもないと察したようで、富岡は一人納得したように頷《うなず》くと、

「わかりました」

といきなり向きを変え、「おい」と驚きの声を上げた田宮を引き摺《ず》るようにして出発ゲート近くにある椅子《いす》へと進んでいった。

「田宮さんはここで見張っててください。僕は空港内走り回って、探しますから」

そうして田宮を無理やりに椅子に座らせると、富岡はにっと笑い、「それじゃ」と片手を上げてその場を駆け去っていった。

「富岡！」

礼を言う暇もなく遠ざかっていく富岡の背を田宮は唖然《あぜん》として眺めていたが、すぐに我に返ると目を皿のようにして、ゲートに向かおうとする乗客たちを眺め始めた。

出発便がかさなっていたためか、最初は黒山の人だかりだったゲート前も一時間もすると空いてきた。結局俊美の姿は見つからなかった、と溜《た》め息《いき》をついた田宮の目に、やや疲れた様子で駆け戻ってくる富岡の姿が飛び込んできた。

「店も覗《のぞ》いてみたんですが、見あたりませんでした」

「そうか……」

はあはあと息を切らしながら、どさりと田宮の隣の椅子に座り込んだ富岡に田宮は、事情もわからないのに、こうも必死で俊美を捜してくれたことに改めて深く頭を下げ「ありがとう」と礼を言った。

「悪いな」

「いや、結局見つからなかったし」

言いながら富岡が時計を見る。

「もう一時か……」

「お前、会社は？」

今更と思いつつ尋ねた田宮は、富岡の答えを聞いた途端彼を怒鳴《どな》っていた。

「外出不帰にしてきました」

「だめじゃないか、そんな嘘《うそ》を」

早く戻れ、と声を荒らげた田宮の前で、

「本当に田宮さんは、嘘が嫌いなんですねえ」

富岡が苦笑し、肩を竦《すく》める。

「嘘が好きか嫌いかじゃなく、社会人としてだな」

意見しようとした田宮に富岡は「わかってますよ」と尚《なお》も苦笑したあと、

「それより」

不意に真面目な顔になり、田宮の目をじっと覗き込んだ。

「一体何があったんです？　そろそろ話してもらえませんか？」

「…………」

真摯《しんし》な富岡の口調に、田宮はうっと言葉に詰まる。

ここまで彼の協力を仰いでおいて、『言えない』ということは人としてできない、と富岡から目を逸《そ》らせながら田宮は密《ひそ》かに溜め息をついた。

おそらく富岡はこうなることを見越していたのだろうと思いはしたが、あざといと怒る気には田宮はなれないでいた。

一人の胸の内に抱えておくには、その秘密はあまりに重く、事態として大きすぎた。誰かに相談したい――その『誰か』は常に高梨《たかなし》であったが、刑事である彼に打ち明けることができずにいた田宮が、目の前に差し出された富岡の手を取ってしまったのも、ある意味、仕方がないことだった。

「……実は……」

田宮はぽつぽつと、周囲の人に聞こえぬような小さな声で、俊美が今朝自分を訪ねてきたことから話し始めた。

弾みで社長を殺してしまい、動揺したあまりその場を逃げ出してしまった、どうしたらいいか途方に暮れて自分の許《もと》を訪れたのだ、という田宮の話に富岡は、

「でも……」

と眉《まゆ》を寄せ、首を傾《かし》げた。

「警察が捜しているのはなんとかいう社長の……ええと、清水日出夫《しみずひでお》だったか、の方でしたよ？」

「うん、俺もそれ聞いて、わけがわからなくなったけど、俊美はとても嘘を言ってるようには見えなかった」

酷《ひど》く動揺していて、という田宮に富岡は、

「そうですよね。『殺してない』と嘘をつく人間はいても『殺した』という嘘はつかんでしょうしね……」

うーん、と富岡は唸《うな》ったあと「そうだ」といきなり携帯をポケットから取り出しかけはじめた。

「どこにかけてるんだ？」

「納《おさめ》さん。新宿のホテルだったでしょう？　所轄《しょかつ》なんじゃないかな」

「え⁉」

ちょっと待て、と田宮が慌てて富岡に電話を切らせようとしたときには、繋《つな》がってしまっていた。

「あ、納さん？　富岡です。今、いいですか？」

やめろ、と声を出さずに訴える田宮に、大丈夫、と富岡は片目を瞑《つむ》ると、

「朝、ニュースで見たんですが、北海道のサンライズコーポレーションの社長がどうこうっていうの、実はウチの取引先なんですけど、問題ない範囲で教えてもらえませんかね。社長、見つかりました？」

「…………」

すらすらと嘘を並べる富岡を前に唖然としていた田宮だが、その富岡が「ええ？」と驚いた声を上げたのには彼も驚き、何ごとだと富岡ににじり寄った。

「……そうなんですか。わかりました。すみませんでした」

それじゃまた、とそそくさと電話を切ったあと、はあ、と困惑したように溜め息をついた

富岡に田宮が「どうした？」と焦《じ》れて問いかける。

「やっぱり亡くなっていたのは社長だそうです」

「……っ」

富岡の言葉を聞き、田宮がはっと息を呑《の》む。自分でも気づかぬうちに田宮は、実は報道の方が正しく、俊美は何か勘違いをしたのではないかという希望的観測を抱《いだ》いていたようで、受けたショックは大きく言葉を失ってしまっていた。

「……田宮さん、大丈夫ですか？　真っ青ですよ」

そんな田宮に富岡が痛ましげに声をかけ、顔を覗き込んでくる。

「……ああ……」

頷きはしたが、実際の彼は少しも『大丈夫』という状態ではなかった。俊美本人が言ったとおり、彼が社長を殺したのであれば一刻も早く見つけ出し、自首を勧めなければならない。そう思いはするのだが、俊美を捜す術《すべ》もなく、一体どうしたらいいんだ、と田宮は途方に暮れる余り両手に顔を埋《うず》めてしまった。

「田宮さん、しっかりしてください」

富岡が田宮の肩を揺すり、顔を上げさせようとする。

「……警察に連絡しましょう。僕らでは弟さんを探すのに限界があります。警察ならすぐ、乗客名簿でもなんでも調べて行方を捜してくれるでしょう」

「……わかってる、わかってるんだ」

でも、と首を横に振る田宮に「どうして」と富岡が高い声を上げる。途端に周囲の人間の注目を集めたことに気づいたらしく、富岡は首を竦めたあと、声を潜め田宮を睨《にら》みながら囁《ささや》くようにこう告げた。

「弟さんを思う田宮さんの気持ちはわかりますけどね、このまま行方をくらませたりしたらますます罪は重くなりますよ」

「俊美は別に逃げようなんて思ってない。自首するつもりはあるんだ。ただ母親のことが心配で、それで俺のところに頼みにきたんだ」

「……ああ……」

そうでしたか、と富岡は昨日の田宮兄弟の会話を思い出したらしく、また痛ましげな表情になったが、「でも」とすぐ厳しい顔になり田宮を問い詰めてきた。

「今、弟さんの行方はわからないんでしょう？」

「…………」

富岡の言葉どおりであるため、う、と答えに詰まった田宮に、尚も富岡は問いを重ねる。

「田宮さんのところにお母さんのことを頼みに行って、その後いなくなったんですか？」

「…………」

「何かあったんですか？　二人の間で揉《も》め事《ごと》でも？」

「……それは……」

揉め事、といっていいのだろうか——と言葉に詰まった田宮に富岡は尚も問いを重ねたい様子だったが、田宮が答えられずにいることに気づいたようで「すみません」と小さく詫《わ》びてきた。

「立ち入ったことを聞いてすみません。ただ、やはり僕はすぐにでも警察に届けたほうがいいと思うんです。いろんな意味で」

「……そうだよな……」

田宮が力なく頷き、唇を噛《か》む。富岡の言うことは正論であることはわかってはいるのだが、それができないでいる。理由は色々とあるものの、まずは俊美と会って話をしたい、その思いのみで空港に田宮はやってきた。

だがそんな自身の心情を他人に説明するのは困難で、ただ黙り込むしかないのだが、

「田宮さん……」

こうも心配そうに富岡に見つめられると、どう返したらいいかわからなくなる。と田宮は彼から目を逸らし、抑えた溜め息をついた。

「………」

富岡はそんな田宮を暫《しばら》く見つめていたのだが、

「あれ」

携帯が着信に震えたらしく「ちょっとすみません」と内ポケットから取り出し、見やると立ち上がり、田宮の傍《そば》を離れていった。

「あ、すみません。え？　なんですか？」

富岡が電話に夢中になっているのを見るとはなしに見ていた田宮だが、そのうちに富岡が「いや、単なる取引先ですよ」などと言い出したのに、もしや電話の相手は納なのではないかと思い当たった。

「…………」

捜査の手は着実に俊美へと伸びているということか、と思ったときには田宮はそろそろと立ち上がり、足の痛みを堪《こら》えながらＪＡＬのカウンターへと進んでいた。

一番早い札幌行きの便を手配し、また痛む足を引き摺り引き摺りゲートへと戻る。突然姿を消した自分を探しにいったのか、富岡の姿がないことにほっとしつつ田宮は出発ゲートをくぐると、搭乗を急《せ》かすアナウンスに送られながら搭乗口へと急いだ。

おそらく俊美は既に北海道に戻っているに違いない――そう思ったが故に田宮は、富岡の目を盗み自分も札幌へと飛ぶことを決意したのだった。

仮にまだ俊美が東京にいたとしても、彼は必ず母の許へと戻るに違いない。それを待ち受ければいいのだ、という結論に田宮が達したのは、俊美を見つけることができない焦りからだった。無駄かもしれないが動かずにはいられない、焦燥感のみで田宮は今動いているといってもよかった。

頼む、自棄《やけ》を起こすことだけはやめてくれ——わけもわからぬままに興奮し、部屋を飛び出していった弟の面影を心の中で追いながら、田宮はただ俊美の無事だけを祈っていた。


新宿西署での捜査会議が終了し、納は後輩の橋本《はしもと》と共に被害者の宿泊ホテルへの聞き込みへと向かうべく署の廊下《ろうか》を歩いていたのだが、そのとき彼の携帯が着信に震えた。

「はい、納」

意外な相手からの電話に戸惑いつつも応対に出た納だが、用件が今捜査中の事件のことと は予測だにしていなかった。

『あ、納さん？　富岡です。今、いいですか？』

「おう、どうした」

携帯の番号は互いに交換していたが、日中彼が納の携帯を鳴らすことはなかった。珍しいこともあるものだ、と思った時点で納の『刑事の勘』が何かあると告げていた。

『朝、ニュースで見たんですが、北海道のサンライズコーポレーションの社長がどうこうっていうの、実はウチの取引先なんですけど、問題ない範囲で教えてもらえませんかね。社長、見つかりました？』

「なんだと？」

世間は狭い、と思いつつ問い返した納は、頭の中でざっと、これは公にしていい件、これは伏せておく件と整理をつけ、口を開いた。

「間もなくマスコミにも発表するから喋《しゃべ》るがな、殺されたのは社長だとわかった」

『ええ？』

富岡は驚いた声を上げたあと、すぐ、

『……そうなんですか。わかりました。すみませんでした』

それじゃあ、と電話を切ろうとした。

「待てよ、取引先って随分親しいのか？」

『いや、そうでも……また連絡します』

納の問いに富岡は言葉を濁し、『それじゃ』とそそくさと電話を切ってしまった。

「おい」

ツーツーという発信音を聞く納の胸に、なんともいえない予感めいた思いが去来する。

「どうしました？　納さん」

隣から橋本が顔を覗き込んできたのに納は「ちょっと戻ろう」と声をかけ踵《きびす》を返した。

「誰からの電話だったんです？」

「富岡君だ。覚えてるか？　田宮さんの同僚の」

待ってください、と追いかけてきた橋本の問いに、早足で会議室へと戻りながら納が答える。

「覚えてます。ちょっといけすかない感じのイケメン君ですよね」

「お前はイケメンなら誰でもいけ好かないんだろう」

「そりゃ納さんでしょう」

「なんだと？」

自称『白皙《はくせき》の美青年』——他称もまあ、なかなかに整った顔立ちではあった——の橋本が納を揶揄《やゆ》し、納が吠《ほ》えたところで二人は会議室へと到着した。

「サメちゃん、どないしたん？」

刑事課長と打ち合わせをしていた高梨が、納に気づき声をかけてくる。

「それが今、富岡君から電話があってよ」

「富岡君？」

なんでまた、という高梨の問いに納は電話の内容を説明した。

「取引先か……」

「ねえ話じゃねえとは思ったんだが、どうも電話の態度が気になってよ」

「態度ってどういう？」

高梨が納に問いかけたそのとき、

「大変です！」

ノックもなしに会議室のドアが勢いよく開き、高梨の部下である竹中《たけなか》が血相《けっそう》を変えて飛び込んできた。

「なんや、騒がしい」

ノックぐらいせえや、と高梨が竹中を睨んだのは、傍《かたわ》らで規律とルールには特別厳しいという新宿西署の刑事課長が不快そうに眉を顰《ひそ》めたためだった。

「騒がしくもなります。大変なんです！」

竹中は相当興奮しているようで、高梨の注意に謝ることもせず、それどころか逆にますます大声を上げながら彼へと駆け寄ってくる。

「どないしたん」

尋常ではない彼の様子に気づいたのは高梨ばかりではなく、室内にいた皆が——課長も、そして納も橋本も、何ごとかと二人の周囲に集まってきた。

「社長に同行したと言われる、サンライズコーポレーションの田宮という社員、彼の身元がわかったんです！」

「身元って、もともとわかっとったんやないんか」

偽名でも使っていたのかと問い返した高梨は、続く竹中の言葉に仰天し、らしくもなく大声を張り上げることとなった。

「そうじゃないんです。驚かないでくださいよ？　あの田宮俊美って社員、田宮さんの……ごろちゃんの弟だったんですよ」

「なんやて？」

仰天したのは高梨だけではなかった。

「弟だと？」

「本当か？」

その場にいた皆が驚きの声を上げる中、新宿西署の美形課長が厳しい眼差《まなざ》しを高梨へと向けながら問いかけてくる。

「まさかとは思いますがご存じなかったのですか」

「……ええ、恥ずかしながら……」

以前、事件の絡みで新宿西署の人間には、高梨と田宮が同性ではあるものの、一緒に暮らす恋人同士だということは知られていた。

恋人の弟の名も知らないのか、という課長の非難の言葉ももっともだ、と受け止めながらも高梨は、自分が『知らなかった』ということ自体に動揺してしまっていた。

思えば田宮が家族のことを話題に出したことはなかった。かつて彼が大怪我《おおけが》を負い入院した際にも身内が誰も見舞いに来ないことに違和感を覚えはしたが、当時はまだ出会ったばかりだったこともあり、事情を問うのも憚《はばか》られてそのままになってしまっていた。

確か出身は北海道だと聞いたことはあったが、高梨と付き合い始めてから田宮は一度も里帰りをしていなかった。家族の話題も一切出ることがなかったが、よくよく考えてみるとそれは田宮が敢《あ》えて話題を避けていたからかもしれない――動揺収まらない頭で高梨はそれらのことを一瞬にして考えたが、すぐに、今はそれどころではない、と我に返ると、

「失礼します」

と周囲に断ってから携帯を取り出し、田宮の番号を呼び出した。

『留守番電話サービスに接続します』

女声のアナウンスに電話を切り、彼の様子に注目していた刑事達に首を横に振る。

「家と、それから勤務先、両方かけてみたらどうでしょう」

課長が硬い声で促すのに「そうですね」と高梨が頷いたとき、

「だからか！」

納が大声を上げ、室内の注目は彼へと集まった。

「さっきの富岡君の電話、取引先なんかじゃない、ごろちゃん絡みだから聞いてきたんだ」

「ということは富岡君は、田宮俊美がごろちゃんの弟だと知ってたということか」

橋本がぼそりと呟くのを納が無言でじろりと睨む。

「あ、すみません」

慌てて橋本が高梨に詫びたのに、「お前なあ」と納が怒声を張り上げた。

「気にせんでええよ」

高梨は苦笑し首を横に振ると、納に「おおきに」と礼を言い、

「家と会社にかけてみますわ」

再び携帯を開き、まず家の番号をプッシュした。やはり留守番電話に繋がったことを周囲に報告してから、今度は勤め先の番号を回す。

警察の人間であることは名乗らず「高梨と申しますが田宮さんは」と問いかけた彼だが、

「え」

と驚きの声を上げたのに、刑事たちは皆、何事かと耳をそばだてた。

「そうですか……すみません、それでは富岡さんはいらっしゃいますか」

高梨が周囲に向かい、田宮の不在を知らせるように首を横に振ってみせながら、電話の向こうに新たな問いを発する。

「外出不帰ですか……わかりました。それでは携帯にかけてみます」

ありがとうございました、と高梨が丁重に礼を言い電話を切るのを待たず、納が携帯を取り出し富岡にかけ始める。

「もしもし？　俺だ」

どうやら繋がったらしく、話し始めた納のほうに今度は皆の注意が集まった。

「さっきの件な、取引先と言っていたが、それだけじゃねえんじゃねえか？」

『…………』

富岡が何か喋るのにかぶせ、納がズバリと本題を切り出す。

「一緒に上京したサンライズコーポレーションの田宮という社員、彼が田宮さんの弟だと、お前知っててそれでかけてきたんじゃねえのか？」

電話の向こうで富岡が動揺したのがわかったが、彼の口から肯定の返事が告げられることはなかった。

「どういうことなんだ？　お前は何かを知ってるのか？　田宮さんはどうした？　お前と行動と共にしてるのか？　おい、なんとか言えよ」

納の語調に熱が籠《こ》もり、興奮したためか顔が紅潮してくる。どうやら富岡はのらりくらりと彼の問いをはぐらかしているらしく、その態度についに切れ、納が怒声を張り上げた。

「おい、いい加減にしろや！　警察を舐《な》めるな！」

「サメちゃん、ちょっとかわってや」

横から高梨が手を伸ばしてきたのに、納が目を向けたそのとき、富岡が一方的に電話を切ってしまったらしい。

「もしもし？　おい、もしもし？」

納が何度も呼びかけたあと、舌打ちし、再び電話をかけたが繋がることはなかった。

「電源、切りやがった」

あの野郎、と唸る納から高梨は富岡の携帯番号を聞き出し、自分の携帯からもかけてみたものの、留守番電話センターに繋がってしまった。

「高梨です。連絡をください」

伝言を残して切ったあと、再び高梨は田宮の携帯へとかけたが、やはり繋がらず、こちらの携帯にも「電話を欲しい」と伝言を残して電話を切った。

「どういうことだ？」

課長が納を、そして高梨を見やり問いかける。

「……わかりません。富岡君からの最初の電話は事件についての問い合わせでした。ニュースで見たといって……ガイシャが社長であることはその時点では彼は知らなかったようでしたが……」

「他には？　他になんぞ言うとらんかったか？」

高梨が横から問いを挟むのに、納は少し考えたあと、

「いや……社長が被害者だと教えたあとは、すぐ電話を切っちまった」

どの程度の付き合いのある社なのかを確かめようとしたんだが、とまたも唸った。

「今の電話では？」

「今も同じだ。田宮さんのことを持ち出したのにも『それは知らなかった』ととぼけてたが、

酷く動揺してた。そこを突っ込もうとしたら、今手が離せないと電話を切られちまったんだが……」

「場所は？　社にかけたらごろちゃんは休暇、富岡君は外出して戻らないという予定やったらしいけど、どこから電話しとるか、なんも言うてなかったか？」

更に問いを重ねる高梨の目は真剣で、額にはびっしりと汗が浮いていた。顔色も酷く悪い。

「……そうだな……」

高梨の胸中を思うと、酷く思い詰めるのも無理はない。何かヒントになるようなものは、と納は必死で記憶を辿《たど》り、やがて、

「そうだ」

思い出した、と大きな声を上げた。

「サメちゃん」

「アナウンスが遠くに聞こえていた。内容までは聞こえなかったが、駅か空港か百貨店か……そんな感じだった」

「女性の声のアナウンスか。駅は滅多《めった》にないですね」

「空港じゃないですか？　俊美はもしや北海道に戻ったんじゃ」

刑事たちが口々に己の推論を喋り出す中、

「お？」

納の携帯が着信に震えたらしく、画面を見た彼が慌てて応対に出た。

「おい！　今どこだ！」

「え？」

彼の言葉から、どうもかけてきたのが富岡らしいとわかった刑事たちが、納の周りをわっと取り囲む。

「サメちゃん」

彼らの間を割るようにして納に近づいた高梨が、「貸してや」と彼らしくなく強引に納から携帯を奪い取り、「もしもし？」と興奮した声で呼びかけた。

『もしもし？　納さん？』

急に相手が変わったことを察したらしく、富岡は訝《いぶか》しげに問いかけてきたが、

「高梨です」

高梨が名乗ると、『あ』と驚いたあと、すぐに勢い込んで話し始めた。

『大変です！　田宮さんが、田宮さんが消えました』

「なんやて？」

思いもかけない富岡の言葉に、頭を強く殴られたような衝撃を受けながらも、高梨は、

「どういうことだ！」

語気荒く富岡を問い詰める。

『おそらく札幌に飛んだのではないかと思います。僕には田宮さんの行方を捜す力はない。お願いです、どうか田宮さんを探して、保護してください』

焦燥がいやというほど感じられる富岡の真摯な訴えが電話の向こうから響いてくる。彼の話の半分も理解できない自分に情けなさを覚える高梨の脳裏にはそのとき、身も心も誰より近くにいると信じていた恋人の——田宮の顔が浮かんでいた。

6

シートベルト着用のサインがポン、という音と共に消えた、それを見上げながら田宮は一人窓の外の、雲しか見えない景色を眺め、小さく溜め息をついた。

相変わらず足はじんじんと痛み、そのせいか発熱してきたようで頬《ほお》がやたらと熱かったが、この程度、なんということもない、と自分に言い聞かせ、きゅっと唇を嚙む。

俊美はおそらく北海道に戻り、病院へと向かったのだろう。母は癌《がん》だということだったがどこに入院しているのだろうか。父が亡くなった際、母は病院の治療に満足していた様子だったから、同じ病院ではないだろうか、とあれこれと考える田宮の口から、また、小さな溜め息が漏《も》れる。

北海道に戻るのは実に十年ぶり——いや、十二年ぶりだった。大学時代、スキーに誘われてもどうしても足を踏み入れることができずに、なんやかんや理由をつけて断ってきた。彼にとっては、大仰《おおぎょう》に言えば『禁断の地』となっていた土地に、再び足を踏み入れる日がこようとは、と田宮はまた小さく溜め息をつくと、彼《か》の地を最後に訪れたときのことを——そして二度と訪れまいと心に決めた日のことを思い起こした。

田宮の母は彼が七歳のときに病死した。その後暫くは田宮は公務員の父と二人で暮らしていたのだが、男手一つでは田宮を育てきれないだろうという親戚の勧めもあり、田宮が小学校六年のときに父は再婚した。

再婚相手には連れ子がいて、一人は田宮より一つ年上、もう一人は四つ年下の、どちらも男の子だった。田宮の父は無口で大人《おとな》しい、真面目だけが取り柄のような地味な性格だったが、母は『明朗快活』という仲人口《なこうどぐち》の紹介どおりの明るい、朗らかな性格で、田宮にも実の子と何ら差別することなく温かく接し、田宮もまた新しい母にすぐなついていった。

兄弟となった兄や弟も、田宮とすぐうち解け、間もなく『まるで実の兄弟のようだ』と周囲から言われるほどになった。

兄は和美《かずみ》、弟は俊美といい、二人とも母親によく似た綺麗《きれい》な顔立ちをしていた。兄の和美は成績もよく、クラス委員に毎回選出されるような、優等生の人気者だった。思慮深く物静かではあるのだが、正義感が強いためにここぞというときには声高《こわだか》に意見も言える。リーダーシップ溢《あふ》れる性格をしていた。

性格も優しく、田宮には勉強を教えてくれたりキャッチボールの相手になってくれたりと実の弟と差をつけることなく可愛がってくれた。

弟の俊美はやんちゃで、元気のいい甘えん坊だった。田宮にはよくなつき、遊んでほしいと我《わ》が儘《まま》を言っては勉強中の田宮を困らせていた。

「だって、和美兄さんはもう、遊んでくれないんだもん」

つまらない、と俊美は田宮のあとをついて回っていたのだが、それまで一人っ子だった田宮は一度に面倒見のいい兄と、甘えん坊の弟、二人の兄弟を得たことを心の底から喜び、実の母親が亡くなったあとに久々に実感する『一家団欒《だんらん》』に幸せを感じていた。

だがその「一家団欒」もそう長くは続かなかった。田宮が高校二年に上がった年、父親が癌で急死したのである。

勤め先の健康診断で胃に腫瘍《しゅよう》が見つかり、検査入院をしたのだが、既に全身に転移しており入院してひと月後には帰らぬ人となった。田宮も、そして母も兄弟たちもショックは大きかったものの、父の保険金と、母の実家が資産家で援助を申し出てくれたため、日々の生活に困ることはなかった。

ただ、田宮はこのまま自分が家に居続けていいのかということを気にしていた。

「吾郎君は血のつながりないじゃない。これから先、再婚するにもそんな、前夫の連れ子がいたんじゃあねえ」

葬儀のあと、母方の親戚が田宮の処遇について母に忠告をしていた、それを立ち聞いてしまった彼は、兄の和美にこっそりと「自分は家を出るべきだろうか」と相談した。

「何を言ってるんだ」

田宮の言葉に和美は心底愕《おどろ》き、そして激昂《げっこう》した。

「僕たちは家族だ。血のつながりがなんだっていうんだ」

そんな哀《かな》しいことを言うな、と和美は田宮を抱き締め泣き出したものだから、田宮はただおろおろと彼の腕の中で言葉を失ってしまっていた。

和美からすぐ母に報告がいったらしく、今度は母に「酷いじゃないの」と涙を零《こぼ》された田宮は、自分の言葉が家族を傷つけたことへの罪悪感と、愛情溢れる母に、そして兄に胸を熱くした。

「ごめんなさい、お母さん」

「何も気にすることはないのよ。この先再婚なんかするつもりないし、何より私たちは家族じゃないの。吾郎はもう、私の子よ」

涙ながらに訴えてくる母の手を取り、田宮は何度も「ごめんなさい」と繰り返し、胸を熱くする幸せな涙を零したのだが、そのときには母も、そして田宮も、それから二年後に訪れる不幸を予測すらしていなかった。

その年、和美は大学入試だったのだが、父親の死のショックゆえか受験した大学すべて不合格となり、浪人が決定した。

「まあ、男の子は浪人が当たり前だからね」

成績優秀だった彼はそれなりにショックを受けた様子ではあったが、皆がそう言って慰めると「そうだね」と笑い、来年また頑張るとやる気を見せた。

翌年は田宮も大学受験で、和美と二人して上京し、同じ学校をいくつか受験した。田宮は私大に絞っていたが、和美はその年も国立大を志望していた。

結果は田宮が東京のW大に合格、和美はまた、どの大学にもひっかからず不合格となった。頼んでいた電報サービスで合格を知ったとき、田宮は喜びはしたものの、兄の手前喜びを露《あら》わにしていいものかと躊躇《ためら》っていた。

「気を遣《つか》うなよ。おめでとう！」

そのときまだ兄は国立大の合格発表を残していたが、私大は全滅していた。なのに田宮の合格を心から喜び、先頭立って家族間でのお祝い食事会を催してくれた。

当初田宮の上京と同じタイミングで和美も上京し、東京の予備校に通うことになっていた。東京で一緒に暮らす部屋を探し、三月下旬には二人で上京したのだが、半月ほどして和美は、

「やはり札幌の予備校に通うことにする」

と突然予定を変更し、実家へと戻ってしまった。

どうしたことかと思いはしたが、当時の田宮は新しい環境に慣れることに精一杯で、兄のことを案じてはいたものの、夏休みにでも戻った際、話を聞けばいいかと先送りにしていた。

やがて夏期休暇となり、田宮は実家に戻ったのだが、兄の様子には特に変わったところはなかった。

時折田宮は、兄が自分を避けているような気がしないでもなかったが、話せば普通に言葉

は返ってくるし、そう冷たい様子もない。気のせいだったのかな、と思いつつ後期の授業が始まるために八月の終わりには東京に戻ったのだが、その後、田宮の知らないうちに和美の身になんらかの変化があったらしい。

予備校での成績があまり芳《かんば》しくないと沈みがちになり、ふさぎ込むことが多かったと、あとから田宮は弟の俊美から聞かされたのだが、年末に帰京するまで彼はそのことを知らずにいた。

冬期休暇で戻ったとき、久々に和美を見て、やつれたな、と思いはしたが、和美の態度にそう変わったところがなかったため、やはり気のせいかなと思い正月明けにまた東京へと戻った。

実は和美の様子が『普通』であったのは田宮が帰京していた間だけであり、田宮がいなくなってから和美は一段と落ち込んだらしく、田宮の帰京からちょうど二週間が経《た》った日に、自室で睡眠薬を大量に摂取し、自殺を図った。

運の悪いことにその日は、母も俊美も不在で発見が遅れ、和美は帰らぬ人となってしまった。知らせを聞き、田宮は信じられない思いを胸に北海道へと戻ったのだが、田宮を迎えたのは母の怒りの涙だった。

「帰って！」

兄の遺体に縋《すが》って泣いていた母は、田宮が近づこうとすると涙に濡《ぬ》れた顔を上げそう叫んだのである。

「みんなあなたのせいよぅ。帰って！　二度と顔を見せないで！」

号泣する母を、俊美や母の兄弟たちが窘《たしな》めたが、母は頑として皆の言うことを聞かず、田宮に『帰れ』と叫び続けた。

「お母さん、どうしたの。どうして吾郎兄さんにそんなこと言うの」

中学三年の俊美が母に縋り、泣きながら尋ねても、母は答えようとせず、和美の遺体に突っ伏して泣きながら、田宮に線香を上げさせようとしなかった。

呆然とする田宮を、母の弟が外へと連れ出し、「悪いが東京に戻って貰《もら》えないか」と説得してきた。

「でも……」

まだ兄の顔も見ていない、と田宮は母への取りなしを母の弟に——叔父に頼んだのだが、叔父は「難しいと思う」と首を横に振り、事情を説明してくれた。

どうも和美は受験ノイローゼであったこと、先に大学に合格した田宮の存在が彼にとっては苦悩の源になっていたようであること、自殺の引き金となったのは、田宮の帰郷ではなかったかと思われること——説明を聞くうちに田宮の頭の中は真っ白になり、耳にはただ母親の、泣き叫ぶ声だけが響いていた。

『あなたのせいよぅ』

母の言葉はそういう——兄の自殺の原因は自分にある、という意味だったのか、と悟った途端、田宮はどうしたらいいのかわからなくなった。

葬儀への参列はしないでもらいたい、という叔父の言葉にショックは受けたものの、母の気持ちを思うと参列したいとは言えなかった。

仕方なく田宮は友人の家に葬儀の日までこっそり世話になり、母に気づかれぬよう物陰から和美の遺体を見送った。

葬儀後、東京へと戻ると、母の代理ということで叔父が、田宮の父の遺産を分与したいという申し入れをしにやってきた。

縁を切りたいということだと思う、と叔父に言われ、田宮はやはり衝撃を受けたが、母の悲しみを考えると、酷いとは思えなかった。

事情を知らない俊美は、何度も田宮に連絡を入れ、「母さんのことは許してあげてほしい」「北海道に帰ってきてほしい」と訴え続けてきたが、田宮は彼を避け続けた。避けきれずに何度か会いはしたが、できるかぎりそっけなく田宮は俊美に対応し、彼をすぐに北海道へと帰した。母は俊美と自分が仲良くすることを好まないだろうと思ったためである。

田宮の胸にも大きな衝撃と深い傷を残した出来事ではあったが、時の流れが次第に彼の苦悩や悲哀を癒《いや》していった。

母の上にも自分と同じ分だけ流れている歳月が、彼女の悲しみをも癒してくれているといい、と思うことはあったが、自分からはどうしても母に、そして弟である俊美に連絡をとることはできなかった。

『あなたのせいよう』

泣き叫んだ母の目には、憎しみの焔《ほむら》があった。あの優しかった母があれだけ豹変《ひょうへん》したのは、彼女の悲しみが深かったためだろうと想像できるだけに、母を恨《うら》む気持ちにはまるでなれなかったが、おそらく母のほうでは自分を許す日は来ないのだろう、と田宮は悟っていた。

その母が今、病に伏しているという。母の身体は心配ではあるし、見舞いたい気持ちは勿論《もちろん》あるのだが、自分に見舞われることを母がどう思うか、と考えると、病院へと向かう気持ちが挫《くじ》けてしまうのだった。

それゆえ、いくら俊美に言われたとしても、母の許を訪れることはすまいと思っていたのだが、その俊美の身を案じるがゆえに、こうして再び故郷の地を踏むことになろうとは――

またも抑えた溜め息を漏らす田宮の脳裏に、俊美の酷く思い詰めた顔が蘇《よみがえ》る。

『信じられない……信じられないよ』

短気を起こさずにいてくれればいいのだが、と田宮は組んだ両手に額を預け、ひたすらに弟の無事を祈り続けた。

「富岡さん！」

北海道へと向かうべく空港に到着した高梨は、富岡と出発ゲート前で合流した。

「一体どういうことなんですか」

一番早い札幌行きの便を予約したものの、出発まであと三十分以上ある。その間に話を聞こうと勢い込んだ高梨の後ろには、納と橋本も控えていた。

「……実は……」

富岡は一瞬逡巡《しゅんじゅん》してみせたものの、既に心を決めていたのか、高梨と共に待合の椅子《いす》へと座ると、順序立てて話を始めた。

俊美が田宮を訪ねてきた場に偶然——というには強引だったが——居合わせて用件を聞いたこと、田宮の様子がおかしかったと気にしていたところ、翌朝彼から会社を休みたいという連絡が入ったこと、その電話も更に様子がおかしくなっていたと気になり、ネットニュースで弟の勤め先関係の事件を知り、田宮が北海道に向かうつもりなのではないかとの勘のもと、空港で彼を待ち受けたことをよどみなく説明する富岡の話を、高梨はそこまで聞いたあと、ほとほと感心したように溜め息をついた。

「富岡さん、職業間違ったんちゃいますか」

「名刑事になれたのに、ですか？　無理ですよ。僕の勘が働くのは田宮さん限定なんですから」

「………」

肩を竦めてみせた富岡に、普段の高梨であれば嫌味の一つや二つ——どころか、対抗した台詞《せりふ》の十や二十は並べ立てただろうが、今日の彼にその元気はなかった。

富岡にもそんな彼を揶揄する元気がないようで、すぐに「それでですね」と話を再開した。

「田宮さんから、弟さんを探しにきた、ということをなんとか聞き出しました。田宮さんは足を捻挫《ねんざ》してましてね、歩くのも辛《つら》そうだったので、ここで待たせて、僕がかわりに探しまくったんですが、ついに見つかりませんでした。事情もなにも知らせず、僕にそこまでさせたことを田宮さんは申し訳なく思ったようで、ようやく何があったかを説明してくれました。弟さんから連絡があって……」

それまですらすらと話していた富岡の言葉がここで途切れた。

「連絡があって？」

高梨が半ば富岡の言葉を予測しながら、話の先を促す。富岡は暫く口を閉ざしていたが、やがて小さく息を吐くと、話を再開した。

「……弟さんが言うには、自分は社長を殺してしまったと……」

「やはり、そうか」

はあ、と大きく息を吐き、高梨がそう相槌《あいづち》を打ったのに、

「え？」

こうも早くに納得されるとは思っていなかったらしい富岡が、戸惑いの目を彼へと向けてきた。

「いや、実はですね」

ここで高梨は、道警から入った連絡で、清水社長と田宮俊美が——俊美に限らず社員全員がかなり揉めていたこと、清水が別名義のパスポートを用意し、海外への高飛びを考えていたことを簡単に説明した。

「おそらくそれが田宮俊美に露呈し、争った勢いで殺してしまった——いう話やないかと思います」

「……そうだったんだ……」

なるほど、と相槌を打った富岡は、「気になるのは」とすぐに表情を引き締め、高梨に訴えかけてきた。

「弟さんと田宮さんの間になんらかの揉め事があったようです。弟さんは自首するつもりだと田宮さんは繰り返していましたが、その言葉に嘘はなかったと思います。にもかかわらず、田宮さんが弟さんの行方を探していましたので……」

「……たしかに……」

そうですな、と高梨は頷いたあと、『苦笑』という表現がこれ以上なく相応《ふさわ》しいと思しき

笑みを浮かべた。

「本当に、富岡さんの観察力も、そして洞察力も、刑事顔負けですな」

「田宮さん限定ですけれどね」

答えた富岡の顔には笑みはなく、高梨を真摯な瞳で見据えていた。

「観察力や洞察力をもっと持っていたらよかったと思います。田宮さんの様子はあきらかに昨夜からおかしかった。癌を宣告された母親の見舞いに行かない理由も、あのときに遠慮せず問《と》い質《ただ》しておけばよかったし、弟さんとの間にどのような諍《いさか》いがあったのかも確かめるべきでした。もしも僕があなたの立場なら、迷わず問い詰めていたかと思うと、なんだかもう……」

「富岡君……」

やるせない表情で一気にそこまで喋った富岡は、高梨に名を呼ばれ、はっと我に返った顔になったあと、やがて彼に深く頭を下げて寄越した。

「僕が言う言葉じゃないということは重々承知してますが、田宮さんのこと、よろしくお願いします」

「…………」

恋敵が恋人に告げる言葉ではないと言いたい富岡の気持ちは高梨にも充分通じていた。が、ここで『わかった』と頷くのも随分と不遜《ふそん》な気がして、高梨はただ、

「ありがとうございました」

それだけ言って富岡以上に深く頭を下げると、一人出発ゲートへと進んでいった。

「高梨、東京《こっち》は任せておけ」

そんな彼の背に、納が敢えて作ったと思しき明るい声をかける。

「おおきに、サメちゃん」

肩越しにそんな友を振り返ると高梨は笑顔を彼に、そして改めて富岡に向け、「行ってくるわ」と片手を上げた。


飛行機に乗り込んだあと高梨は、今聞いたばかりの富岡の話の一つ一つを思い起こしていた。

昨夜の田宮は明らかに様子がおかしかったが、直前に弟との出会いがあったのか——事情は概《おおむ》ね納得できたが、富岡が疑問を覚えた部分に高梨もまた疑問を感じていた。

その後、竹中が道警から取り寄せた資料でわかったのだが、田宮と弟、俊美の間には血のつながりはなかった。

田宮は父の連れ子、俊美は今病床に伏しているという母の連れ子であるという。田宮の実の父親は彼が高校二年生のときに他界しており、実の母は彼が七歳の時に亡くなっている。

血縁のある者が誰もいなくなったために、田宮は家族の話をしようとしなかったのか、と高梨は一瞬考えたものの、どうも田宮の人柄にはそぐわない気がする、と首を傾げた。

高梨の知る田宮は、血の繋がりがないからといって、一度は『母』と呼んだ女性の見舞いに行くことを躊躇うような男ではない。何か事情があるはずなのだ、と思う高梨の胸は今、尽きせぬ後悔の念が渦巻いていた。

田宮と暮らし始めて二年以上の歳月が経っているというのに、自分は田宮の家族について何も知らない。

そのことをなぜ、一度たりとて不自然に思うことがなかったのだろう——富岡の話を聞くにつれ、田宮が家族に関することで悩みを抱《いだ》いてたことがわかるのに、彼が一言も家族のことを口にしなかったことに関し一筋の疑問も抱かずにいた自分の鈍感さを、高梨はこの上なく悔いていた。

会話の合間にでも、家族関連の話題が出ることはなかったか、といくら思い起こしても、その記憶は一切ない。

一度、高梨の実家を訪れる際、田宮の家族構成を聞いたような気がするが、そのとき田宮は確か、逆に高梨を質問責めにし、はぐらかしたのだった。

当時は『はぐらかされた』という自覚がなかったが、彼が話を逸らしたことは間違いない。

「……何を悩んどるんや……」

家族同様――否、家族以上に近く心を寄せていると確信していた田宮の心情が少しも見えないとは、と思う高梨の口から呟きの声が漏れる。

我ながら女々《めめ》しい、と気づいて苦笑する高梨の顔には、そのときやるせないとしかいいようのない表情が浮かんでいた。

高梨が機上にいる間に田宮は新千歳空港に到着し、タクシーで札幌市内を目指していた。

まずは自宅を訪れ、誰もいなければ父が入院していた病院に行くつもりであった彼は、車窓を流れる風景を眺めながら、十二年という歳月を改めて自覚していた。

少しの見覚えもない風景だった。こうも景色が変わっていることを知らないでいたことに、十二年とは長いのだな、という実感を得ていた田宮の脳裏に、十二年前別れたきりになっていた母の、泣き叫ぶ悲愴な顔が蘇る。

『あなたのせいよぅ』

母も随分と年を取ったのだろう――病床に伏しているだけでも気の毒なのに、息子が人をあやめたと知ればさぞショックを受けることだろう、と思う田宮の胸はきりきりと痛み、できることとならこのまま何も知らせずにおきたいと願う気持ちが募ったが、それが不可能であることは社会人経験の長い田宮にはよくわかっていた。

下手をすると警察より前にマスコミが母に、息子の――俊美の犯した罪を知らせるかもしれない、と思った田宮は、こうはしていられない、と気持ちを引き締めると、今後の展開をあれこれと頭に思い浮かべ、一つ一つシミュレーションを試みた。

五十分ほどタクシーを走らせ、到着した実家に、人の気配はなかった。インターホンを何度も押し、名乗って応対を待ったが誰も出て来ない。それならば、と田宮は以前父親が入院していた病院へと向かったのだが、母の入院先はそこではないことがわかり途方に暮れてしまった。

心当たりはまるでない上に、問い合わせることができそうな人間も思い当たらない。十二年も故郷を離れているうちに、友人知人の連絡先もほとんどわからなくなっていた。親戚付き合いも絶えて久しいし、家の近所の人間に尋ねるのも躊躇われる。

どうしようかと暫し考えたあと、タウンページで俊美の勤め先を調べ、出社している社員に聞いてみよう、と思いついた。

だが、社長殺害事件で立て込んでいるのか、電話をかけても誰も出る気配はなく、再び途方に暮れた田宮は、こうなったら実家に引き返し、近所の住民に片っ端から入院先を聞いて回ろうと心を決め、タクシー乗り場へと走った。

十二年という歳月の長さを改めて感じながら田宮は、近所の住民に自分のことを覚えている人間が果たしているだろうか、と考えた。

自分の記憶も心許《こころもと》なく、母が誰と親しくしていたかなど、少しも覚えていない。自分が覚えていないのだから、近所の人もまた自分を覚えていないだろうが、もし覚えられていたらそれはそれで気まずいな、と溜め息をつく田宮の脳裏に、俊美の思い詰めた顔が浮かぶ。

気まずいなどと言っている場合ではない。一刻も早く俊美を捜し出し自首を促さなくては、と田宮は自身を律すると、他に彼を、そして母の入院先を探す手だてはないものかと、タクシーの中、必死に考え続けた。

田宮に遅れること二時間、高梨もまた新千歳空港に降り立った。

「お疲れ様です」

警視庁から協力要請を受けた道警の、林《はやし》という刑事が高梨を迎えてくれ、二人はすぐに俊美の――田宮の母親が入院している札幌市内の病院へと向かうこととなった。

「金岡《かなおか》課長からＦＡＸが届いていました。東京の殺人事件に新たな展開が見えたそうです」

「なんですって？」

覆面パトカーの中、林が手渡してくれたＦＡＸには、犯行時刻と思われる時間帯に、被害者の部屋から駆け出してゆく女性の目撃情報が出たと書かれており、高梨は林に断ったあと携帯を取り出し本庁へとかけ始めた。

『金岡だ。無事到着したか』

「はい、それで今お送りいただいたＦＡＸを見とるんですが、目撃情報が出たそうで」

『ああ、そうなんだ。被害者の清水は東京出張時にはあのホテルを定宿にしていたそうなんだが、若い女性と同泊することが多かったそうだ。どうも東京に愛人がいたらしいという話も出ている』

「ではその、現場から立ち去った女性が愛人だと？」

『可能性はある。今愛人の身元を道警の協力のもと捜査中だ』

何かわかったらまた連絡する、と告げる金岡に礼を言って電話を切ると、高梨は助手席の林に声をかけた。

「被害者の清水には東京に愛人がいたとか？」

「そのようです。清水の大学時代の友人から、本人が自慢げに『東京妻がいる』と話していたという情報を得ました。銀座の高級クラブでホステスをしている、背の高い美人だとか。吹かしている部分はありそうだったそうですが、愛人がいることはどうも本当っぽかった、という話でした」

その旨は既に東京に知らせているという林に「そうですか」と頷いた高梨は、ということは、と改めて事件のことを考えた。

田宮の弟、俊美が田宮に、『社長を殺した』と告白し遁走《とんそう》した。彼が殺害したあと愛人の女性は現場を訪れ、驚いて逃げ出したということだろうか。ない話ではないな、と高梨は溜め息をつき、天を仰いだ。

死体を発見した場合、一一〇番通報するのが普通ではあるが、こと関係を隠しているような場合、通報を避ける心理はわからないでもない。犯人ゆえ通報しなかったという考えもあるが、俊美が犯行を自ら認めていることを思うと、その可能性は著しく低いといえた。

しかしなぜ俊美は田宮の前から遁走したのか。二人の間で何があったのか——まさかその諍いの原因が自分にあるなど高梨に想像できるわけもなく、覆面パトカーの中、彼は同じ道内にいると思われる俊美を、そして田宮の行方を一人案じ続けていた。

一時間ほどで車は田宮の母親が入院しているS病院へと到着した。

「こちらです」

既に病室を調べていたらしく、林が案内役を買って出、高梨は彼のあとを早足で追った。

「三階外科の四人部屋だそうです」

「たしかご病気は癌だとか」

高梨の問いに林は「そのようですね」と頷いたあと、

「ただ、明日をも知れない、という状態ではないそうですよ」

そう言葉を足し「こちらです」と廊下を折れた。

ナースステーションで林は手帳を見せ、病室の詳しい場所を訪ねた。

「田宮さんは、一番奥ですけど……」

若い看護師は、初めて見る警察手帳に大きく目を見開き答えてくれたあと、今度は高梨と林の目を見開かせることを言い出した。

「今、息子さんがいらしてますけど」

「なんですと？」

「え？」

男二人——しかも刑事たちに大きな声を上げられ、若い看護師はすっかり萎縮《いしゅく》してしまった。

「あ、あの……」

何かマズいことを言ったのか、とおろおろする彼女に、高梨は慌てて笑顔になると、

「申し訳ないいんやけど」

と優しい口調で話しかけた。

「警察が来とるとは言わんと、病室の外まで息子さんを呼び出してもらえへんやろか」

「は、はあ……」

高梨の柔らかい関西弁と、女性なら誰でも見惚《みほ》れずにはいられない端整な顔立ちに、看護師の緊張も和らいだようで、「わかりました」と頷くと病室へと向かって歩き始めた。

「母親への気遣いですか」

あとに続きながら、林が高梨に声をかける。

「……そんくらいはね」

せんとね、と微笑《ほほえ》む高梨に林は「そうですな」と頷いたあと、

「しかしねえ」

前を歩く看護師に聞こえないようにぼそぼそとした声で話を続けた。

「社員たちの間でも田宮俊美の評判は酷くいいんです。真面目《まじめ》で誠実で、何ごとにも一生懸命だってね。母一人子一人らしいですけど、親思いの優しい子だということで近所の評判も上々なんですよ」

「母一人、子一人、ですか」

田宮はカウントされていないのかと思いつつ、高梨が低く相槌を打ったところで一行は病室へと到着した。

「そしたら、お願いします」

林に言われ、看護師が「はい」と硬い表情で頷いたあと、「失礼します」と病室へと進んでいく。

「田宮さん、ちょっといいですか？」

「はい……？」

看護師の呼びかけに答える若い男の声に、高梨と林、二人は顔を見合わせ頷きあった。看護師ともう一人の足音がだんだんと近づいてくる。

「田宮俊美さんですか」

病室を出たところで待ち受けていた二人の男の姿に、看護師のあとに続いていた長身の男が、はっとした顔になった。

これが田宮の弟か――切れ長の目をした、端整な顔に高梨の目が引き寄せられる。

「……あの……」

酷く青ざめた顔をしていた俊美は、どうやら林と高梨が警察の人間であるということに既に気づいているようだった。林が警察手帳を示したときに、小さく息を吐いたことからそれがわかる、と思い、高梨もまた警察手帳を取り出し、彼に示してみせる。

「……あ……」

俊美の目が高梨の手帳から顔へと移ったそのとき、彼は酷く驚いた表情になり小さく声を漏らした。

「はい？」

どうしたのだ、と首を傾げた高梨の前で、それまで充分青ざめていた俊美の顔色がみるみるうちに白くなったかと思うと、いきなり彼はその場に崩れ落ちてしまった。

「どうしたんです？　田宮さん？」

慌てて高梨が床に膝《ひざ》を突き、気を失っている様子の俊美を抱き起こす。

「……大丈夫です」

意識が遠のいたのは一瞬だったようで、俊美はすぐに自力で起き上がると、「申し訳ありません」と高梨に向かい頭を下げた。

「いえ……」

首を横に振った高梨を、顔を上げた俊美が食い入るような目で見つめている。なぜ彼はこうも自分を凝視しているのかと高梨は不思議に思いながら、切れ長の俊美の瞳を——愛しい恋人の弟でありながら、少しの面影も見いだせない彼の顔を見返していた。

7

俊美を道警へと連れていった高梨は、林に頼んで彼を取調室ではなく、会議室へと通してもらったあと、携帯を取り出し田宮へとかけ始めた。

電源を切っているのか、それとも高梨からの電話には出ないつもりか、留守番電話センターに繋がったのに、

「俊美君を保護した。すぐ北海道警に来てほしい」

それだけ伝言を残し電話を切ると、俊美のもとへと向かった。

俊美は相変わらず青い顔をしており、出された茶に手を伸ばす素振りも見せずにじっと俯いていた。

「田宮俊美さんですね」

近づき、傍の椅子に座った高梨が声をかけると、俊美はゆっくりと顔を上げて高梨を見たあと、

「はい」

こくん、と首を縦に振り、再び俯《うつむ》いてしまった。

「…………」

何から聞くか、と高梨は一瞬頭の中で話を組み立てたのだが、そのとき不意に俊美が顔を上げ、高梨を真っ直ぐに見据え口を開いた。

「清水社長を殺したのは僕です。ご迷惑をおかけし申し訳ありませんでした」

そう言い、再び頭を下げた俊美に、高梨が問いを発する。

「新宿のホテルでですね。そのときの状況を教えてもらえませんか？」

「……はい……」

穏やかな高梨の問いかけに、俊美は俯いたままぽつぽつと、犯行状況を説明し始めた。社が投資していた東京の企業が上場するというのを確かめに社長と上京したのだが、それが社長の嘘で、社長は一人で海外に高飛びをしようとしていたことなどを彼は、順序立てて述べてゆく。

「口論になり、揉み合ううちに社長を突き飛ばしてしまい、それで社長がテーブルの角に頭を強打したようで、それきり動かなくなり……」

そこまで一気に話した俊美は、はあ、と大きく息を吐くと、

「申し訳ありませんでした」

改めてそう頭を下げて寄越し、またぽつぽつと話し始めた。

「……すぐに自首するつもりでした。でも、母のことが気になって……母は今、病気で随分

と気が弱くなっているので、僕が逮捕されたなどと知れば動揺し、手術もままならなくなるかもしれない。そう思うと、せめて母にひとこと声をかけたいと……心配しないでくれと言いたいと思って……」

「お話できましたか」

再び申し訳ありません、と頭を下げる俊美に、高梨が静かに声をかける。

「…………」

彼の問いが意外だったからか、俊美は少し驚いたように顔を上げたが、やがて、

「いえ……ちょうど眠っていて……」

話すことはできなかった、と首を横に振った。

「そうですか……」

結局、思いを伝えることはできなかったのか、と高梨は痛ましく思いながら俊美を見やったあと、彼の話で気になる部分を問い詰め始めた。

「あの、田宮さん、社長と揉み合ったときの状況を、もう少し詳しくお話いただきたいのですが」

「はい……」

頷いた俊美が顔を上げ、高梨をまじまじと見やる。

「……？」

どうしたのだ、と高梨は突き刺さるような彼の視線に戸惑いながらも、疑問点を確認していった。

「口論しているうちに揉み合いになり、社長を突き飛ばした。そのはずみで社長が倒れ込み、テーブルの角に頭をぶつけた、と仰《おっしゃ》っていましたが、その後はどうされました？」

「その後って？」

俊美がわけがわからない、という顔で高梨に問い返してくる。

「…………」

おや、と高梨が思ったのは、清水社長の直接の死因が、後頭部をクリスタルの灰皿で何度も殴打されたものによると知っていたためだった。

「社長が倒れたあと、あなたはどういう行動を取りましたか？」

似たような問いを重ねた高梨に、俊美はますます戸惑った顔になったが、すぐに、

「……倒れた社長を助け起こそうとして……頭から血が出ているのに気づいてぎょっとしました。ゴンッというものすごい音がしたんで、余程強く頭を打ったんだろうと思いました。顔色も土気色になっていたし、息もしていないようだったので、死んでしまったのだと思い、慌てて逃げ出してしまいました」

「……社長は頭を机にぶつけたんですか？」

再確認とばかりに問いを繰り返した高梨に、

「ええ」

俊美がますます不審げな顔で頷く。彼の様子に嘘をついている気配はない、と高梨は判断し、種明かしをすることにした。

「社長の死因は、部屋に備え付けてあったクリスタルの灰皿で後頭部を殴打されたものです。あなたは社長の頭を灰皿で殴ったのではないですか？」

「灰皿ですって⁉」

目の前で仰天する俊美の姿に、やはり彼が嘘をついているようには見えないと高梨は思い、

「わかりました」

と立ち上がった。

「あの」

「すみません、ちょっとお待ちください」

高梨が同席していた林に、共に部屋を出るよう目配せをする。

「どうしました、高梨さん」

「彼はシロやないかと思います」

訝しげな顔で高梨のあとに続いた林は、その言葉に驚きの声を上げた。

「なんですって？　どういうことなんです？」

「おそらく、社長は田宮俊美に突き飛ばされ、倒れたときにはまだ死んではいなかったので

しょう。その後、倒れたままだか意識を取り戻していたかは知りませんが、何者かが社長をクリスタルの灰皿で殴って殺した——そういうことやないかと思います」

「その『何者』が、部屋を飛び出していった愛人であるということですか」

なるほど、と林は唸ったが、「しかし」と眉を顰める。

「田宮が嘘をついているという可能性はゼロではないですよね」

「著しく低いと思いますよ。彼は最初に自白していますし」

「確かにそうですな」

高梨の言葉に林はようやく納得したように頷くと、「で、どうします」と顔を覗き込んできた。

「本庁にこの旨連絡し、一刻も早くホテルから駆け去ったという若い女の行方を突き止めましょう」

「でしたらこちらの電話をお使いください」

どうぞ、と林が高梨を刑事課へと導く。高梨が金岡に報告をしている間に、林は清水の愛人に関する情報を更に集めるよう部下たちに指示を出し、若い刑事達が部屋を飛び出していった。

俊美を待たせた会議室に戻りながら高梨は、彼の処遇をどうするべきか考えていた。まず、社長の死因を説明したあと、愛人について何か気づいた点はなかったかと尋ねてみるか、と心を決め、会議室のドアをノックする。

「はい」

「失礼します」

返事を確認し、ドアを開いた高梨は、一人部屋で待たされることになったのを訝っているらしい俊美へと近づいてゆくと、再び近くの椅子に腰掛け「田宮さん」と名を呼びかけた。

「あの、大変失礼ですが」

「はい？」

返事をすることなく、逆に酷く思い詰めた顔で声をかけてきた俊美に、何ごとかと高梨は眉を顰め問い返す。

「高梨さんとおっしゃいましたか、もしや、僕の兄に——田宮吾郎という名に、心当たりはないですか？」

「え？」

唐突に告げられた恋人の名に、高梨の口から驚きの声が漏れる。

「ご存じなんですね？」

問いを重ねてきた俊美に、「ええ」と高梨は反射的に頷いたのだが、それを見た途端俊美が勢い込んで問いかけてきた、その言葉には心底仰天し、更に大きな声を上げてしまった。

「兄とあなたは本当に同居しているんですか。二人は本当にそういう関係なのですか」

「ええ？」

突然己へと向けられた俊美の、非難に満ちた声、非難に満ちた視線に言葉を失っていた高梨に、俊美の悲痛ともいうべき叫びが浴びせられる。

「兄は本当にゲイなんですか。答えてください、高梨さん！」

「落ち着いてください。一体どうしたんです？」

わけがわからないながらも、酷く興奮している様子の俊美を宥《なだ》めようと高梨が問いかける。

「答えてください！　兄は、兄は本当にゲイなのですか！」

だが俊美は高梨の言葉に耳も貸さず、椅子を倒して立ち上がると摑みかからんばかりの勢いで高梨に問いを重ねてきた。

「……」

どうするか、と高梨は一瞬迷ったが、嘘をつくわけにはいかないとすぐに心を決めた。

「落ち着いてください、田宮さん」

言いながら彼の肩をぐっと摑み、じっと瞳を覗き込む。

「……お兄さんと私は、確かに同居しています。私はお兄さんを、誰より大切な人だと思っています」

ゆっくりと、嚙んで含めるような口調で告げたというのに、高梨の言葉はなかなか俊美の脳へは届いていかないようだった。

ただただ呆然とした顔で高梨を見つめる俊美の表情は弛緩《しかん》し、彼が受けた衝撃の大きさを物語っている。

「……大丈夫ですか」

もう少し言葉を選ぶべきだったろうかという反省が高梨の胸に込み上げ、俊美にいたわりの言葉をかけたのだが、そのとき俊美の目から大粒の涙がぼろぼろとこぼれ落ちたのにはぎょっとし、思わず彼の名を呼んだ。

「田宮さん？」

「そんな……そんな……酷いよ……」

幼子のようにくしゃくしゃと顔を歪《ゆが》め、俊美が泣きじゃくり始める。

「田宮さん……」

大丈夫か、とその顔を覗き込もうとした高梨の胸に、俊美の拳《こぶし》が浴びせられた。

「酷いよ。酷いよ。兄さんがゲイだなんて、そんなの酷すぎるよ」

「田宮さん……」

こうもショックを受けるのなら、やはり打ち明けるべきではなかったのかもしれない、と高梨はますます後悔してしまいながら、痛いほどの力で己の胸を殴り続ける俊美の拳を受け止めていた。

「兄さんが……兄さんが可哀想だよ。酷いよ、酷いよ、兄さん……」

わんわんと声を上げて泣きながら、俊美が尚も高梨の胸を乱打する。

「……聞いてください、田宮さん」

『可哀想だ』という言葉を聞いたとき、高梨の胸には改めて俊美にわかってもらいたい、という思いが芽生えた。

「確かに僕とお兄さんは、世間に誇れるような関係やないという自覚はあります。でも僕はお兄さんを——ごろちゃんを、誰よりも愛していますし、誰よりも幸せにしたいと思っています。認められへん、いうあなたの気持ちも勿論わかりますが、それだけは——僕がごろちゃんを、『可哀想』と言われるような目には絶対に遭わせるつもりはないということだけは、わかってほしいんです」

切々と訴えかける高梨の声に、次第に俊美の拳から力が抜け、やがて彼の両手は、だらり、と身体の両側に下ろされた。

「……う……」

大粒の涙が次々と俊美の切れ長の瞳に盛り上がり、頬を伝って流れ落ちていく。

「わかってください、田宮さん。僕は……僕は心から、ごろちゃんを——あなたのお兄さんを、愛しているんです」

高梨が彼の肩を摑む手に力を込め、胸に溢れる熱い想いそのままに熱くそう告げたのに、俊美は涙に濡れた顔を上げ、ゆっくりと首を横に振ってみせた。

「……田宮さん……」

やはりわかってもらえないのか――高梨の胸に差し込むような痛みが走る。

わかってもらおうと思うこと自体に無理があったのだ、と落ち込む己の心を叱咤《しった》しながらも、それでも胸が痛むことまでは制御できずにいた高梨の耳に、

「違うのです……」

嗚咽《おえつ》の合間に、なんとか絞り出したと思しき俊美の声が響いた。

「……え？」

何が違うのだ、と高梨が相変わらずぼろぼろと涙を零す俊美の顔を覗き込む。

「……可哀想なのは…………和美《かずみ》兄さんのほうなんです……」

それだけなんとか告げたかと思うと、俊美は号泣し、その場に崩れ落ちていった。

「田宮さん」

慌てて腕を摑み、身体を支えてやった高梨の胸に縋り、俊美が声を上げて泣きじゃくる。

「…………」

一体どうしたことなのか――呆然としてしまいながらも、己の胸の中で子供のように泣く俊美の身体を高梨は力強く抱き締めると、「大丈夫ですから」と耳元で何度も囁き、彼の背を母が子をあやすかのような優しさで何度も撫《な》でてやった。

「……すみませんでした」

十分ほども泣いていただろうか、ようやく涙もおさまったのか、俊美が高梨の胸から身体を起こし、泣きはらした目を伏せ小さく詫びたのに、

「ええよ」

高梨はそれは優しく微笑むと、ぽん、と彼の肩を叩《たた》き、「水でも飲みますか」と顔を覗き込んだ。

「……いえ……」

大丈夫です、と俊美は首を横に振ったが、高梨は「ちょっと待っとってください」と彼に断って部屋を出て、自動販売機でペットボトルの水を二本購入するとすぐに俊美の許へと戻った。

「どうぞ」

「ありがとうございます」

俊美は既に椅子に座っており、随分と落ち着いたように見えた。高梨が差し出した水を礼を言って受けとったあと、ごくごくと一気に半分ほど飲み、ことん、と机の上に置いた。

「…………」

そうして、はあ、と大きく息を吐いた彼は暫くそのまま動かずにいたのだが、

「田宮さん？」

大丈夫か、と再び高梨が問いかけたのにようやく顔を上げ、「取り乱してしまい、申し訳

ありませんでした」と丁寧な口調で詫びた。

「いえ……」

気にしていません、と高梨が笑顔で首を横に振る。俊美はそんな彼を眩《まぶ》しそうに眼を細め見つめていたが、やがて、

「あの」

何を決意したのか、きゅっと拳を握ると、身を乗り出し、口を開いた。

「はい」

「……これから申し上げる話は、他言無用でお願いしたいのですが」

「……わかりました」

じっと高梨を見据え、俊美がそう告げたのに、何を言う気なのだと思いながらも高梨もまた彼を真摯な目で見返し、ゆっくりと頷いてみせる。

「……実は……」

俊美もまたゆっくりと頷いたあと、口を開きかけたが、考えをまとめようとしたのか黙り込み、暫くしてからぽつぽつと、自分の家族関係を話し始めた。

両親は再婚同士で、互いに連れ子があったこと、血のつながりはなかったが、兄弟仲はよかったこと、だが長男が――俊美と血の繋がった兄の和美が、受験ノイローゼで自殺してしまったときから、家族の輪が崩れたことを順を追って説明する俊美の話を、高梨は時折相槌

を打ちながら聞いていた。

「……和美兄さんが亡くなったとき、母は酷く吾郎《ごろう》兄さんを責めました。吾郎兄さんはただ大学に先に合格してしまっただけで、何も悪いことなどないのに、なぜ母はああも責め、葬儀への参列すら拒んだのか、わけがわかりませんでした。兄が亡くなったあと母は随分と精神的に不安定になっていて、事情を聞き出すことができないでいるうちに、月日だけが経っていって……」

やがて田宮との付き合いも途絶えて久しくなった、という俊美の話は、高梨の胸をも痛めるものだったが、この先高梨には更なる衝撃が待っていたのだった。

「……先月、母は入院しました。医者から自分の病気が癌であると聞いたとき、死を覚悟した母は僕に、机の引き出しにしまってある日記を燃やしてくれ、と頼んできたんです。絶対に中身を読むな、そのまま燃やせと言われ、母の頼みを聞くつもりだったんですが、机の中から出てきたのが和美兄さんの日記帳だとわかったとき、つい開いてしまったんです……」

俊美はそこまで喋ると、また、はあ、と大きく息を吐き、ペットボトルを摑んでごくりと一口水を飲んだ。

「……何が、書いてあったんです？」

高梨が問いかけたのは、俊美が話すことに最後の逡巡をしていると見越したためだった。

高梨の声に背を押されたように、俊美はまた、はあ、と息を吐き出したあと、口を開いた。

「……最初のほうは普通の日記でした。子供のころから兄は、一日もかかさず日記をつけてたんです。日記っていっても備忘録というか、日々あったことを一言二言記していく、という感じでしたが……でも、だんだんと途中から字も乱れてきて、書いてあることも観念的すぎて意味がわからなくなってきたんです。日記も、二日、三日と日が空くようになってたんですが、最後の日記に——兄が亡くなる前日の日記に、書かれていることを見て僕は……僕は初めて、兄の死んだ本当の理由を知ったんです」

俊美はそこでまた大きく息を吐いたあと、内容を問うていいものか迷い口を閉ざした高梨を真っ直ぐに見据え、ぽつり、と口を開いた。

「『愛している』と書かれていました。自分は血の繋がらない弟を愛していると。兄として純粋に自分を慕ってくれている彼を、肉欲の対象として見てしまっている、決して許されることではない——日記にはそう書いてありました。最後のページは酷く乱れた文字で、愛している、愛している、愛している、愛している、とその言葉だけが繰り返し書かれていたあとに、こんな穢《けが》れた思いを抱いている自分はもう、死ぬしかないのだと記されていて……」

俊美はそこまで話すのがやっとだったようで、震える声を途絶えさせると、ああ、と小さく呟き両手に顔を埋めてしまった。

「…………田宮さん……」

あまりにも衝撃的な俊美の告白に、かけるべき言葉を失い高梨がただ彼の名を呼ぶ。

「………日記を読んで、母もさぞ、ショックを受けたことと思います。吾郎兄さんへの酷い仕打ちも、この日記のせいだったんだ、と初めてわかった気がしました」

その声に誘われたかのように、俊美が顔を伏せたまま、ぽつぽつと話を再開する。

「母も吾郎兄さんに罪はないことは勿論わかってた。わかってたけど、どうしても許せなかったのだと思います。吾郎兄さんが許せないんじゃなく、和美兄さんの吾郎兄さんへの思いが許せなかったんだろうと……吾郎兄さんに罪はなくとも、存在自体を憎んでしまった母の気持ちは………」

わかります、と呟くようにそう言ったあと、俊美は口を閉ざした。

「………」

高梨もまた黙り込み、項垂《うなだ》れる俊美の姿をじっと見つめていた。何から何までが驚きで、何から何までが辛い——胸の痛む話だった。田宮への思いに罪悪感を抱き、自殺したという彼の兄も、それを知り、田宮を憎むしかなかった母親も、一連の事実を今知ってしまった俊美も——皆が皆、どれだけ辛い思いをしたかと思うと、高梨の胸は痛み目の奥には熱いものが込み上げてくる。

俊美が、自分と田宮の関係を知り激昂した、その気持ちもわかる、と高梨は抑えた溜め息をつき、彼から視線を逸らした。

血の繋がりがないとはいえ、和美は同性、かつ弟である田宮への恋情に思い悩み命を断った。その田宮が同性の自分を恋人にしている。兄の死はなんだったのだと俊美が思ってしまうのは仕方のない話だろう。

気持ちはわかる、わかるが実際に自分にできることは、彼にかけてやれる言葉は何かと考えると、高梨は途方に暮れてしまう。

どうしたらいいのだ、という思いがまた彼に抑えた溜め息をつかせたのだが、そのとき俊美が顔を上げ、

「高梨さん」

と彼の名を呼んだ。

「……はい……」

潤《うる》む彼の瞳を真っ直ぐに見返し、高梨が答えると、俊美は、困ったような、としか表現できない笑みを浮かべこう告げた。

「兄さんも……吾郎兄さんも、まったく同じことを言いました」

「え？」

なんのことだ、と眉を顰めた高梨の前で、俊美の瞳に涙が盛り上がってゆく。

「……あなたと付き合っているのか、ゲイなのか、と聞いたら、自分にとってあなたは誰より大切な人だと……僕にわかってほしいと……」

「……田宮さん……」

盛り上がった涙の滴が、俊美の頰を伝って流れ落ちる。その涙を俊美は手の甲で拭《ぬぐ》うと、涙の滲《にじ》む声ではあったが、しっかりと微笑みながら高梨に向かって告げたのだった。

「和美兄さんも、吾郎兄さんのような……そしてあなたのような勇気を持つことができれば、きっと死なずにすんだのだと思います」

そう言ったきり込み上げてきた嗚咽に言葉を奪われ、うう、と俯き泣き始めた俊美の肩を、高梨は思わず手を伸ばし、がしっと摑んでしまっていた。

「……う……」

「ありがとう……ありがとうございます」

高梨の目にも涙が浮かび、礼を言う声は掠《かす》れていた。

わかってくれたのだ——田宮と自分との関係を認めてくれたのだという彼の理解が誤ってなどいないことは、俊美が己の肩を摑む高梨の手に自分の手を重ね、ぎゅっと握りしめたことからも伝わってきた。

「……ありがとう……」

「……高梨さん……」

俊美が涙に濡れた顔を上げ、高梨の手を握ったまま改めて頭を下げる。

「兄のこと、よろしくお願いします」

「…………まかせてください」

大きく頷いた高梨に、俊美は心の底からほっとした顔になったあと、

「それから」

と言葉を足した。

「……母のこともよろしく頼みます。母もきっと、吾郎兄さんに辛くあたったことを後悔しているると思うんです。どうか二人の仲をうまく取りなしてやってはもらえないでしょうか」

「……勿論、僕も力にはなります。せやけど田宮さん」

切々と訴えかけてきた俊美の言葉を、はっと我に返った高梨が遮る。

「……はい？」

「あなたは清水社長を殺してへん、思います」

「なんですって⁉」

高梨の言葉に俊美が仰天した声を上げたそのとき、部屋のドアがノックされ、林が顔を出した。

「高梨さん、高梨さんを訪ねて田宮さんという方がいらしてますが」

「え」

林の言葉に驚きの声をあげたのは俊美だった。もしや、と目を向けてきた彼に、高梨は
「はい、お兄さんです」と微笑むと、

「ちょっと待っててください」

そう言い、立ち上がろうとした。

「あの、高梨さん」

俊美がそんな彼の腕を摑む。

「はい？」

「……申し訳ありませんが、吾郎兄さんには和美兄さんの自殺の原因のことは……」

黙っていてほしい、と言いたい俊美の心は高梨にはすぐに通じ、

「わかっとります。言いません」

そう微笑むと、「そしたら」と軽く頭を下げ、ドアへと向かった。

「今、警視庁から連絡が入りました。清水社長の愛人、神田美恵《かんだみえ》というんですが、彼女が犯行を自供したそうですよ」

こちらです、と田宮を待たせているという会議室へと案内してくれながら、林が高梨に朗報を伝えてくれた。

「ほんまですか。えらい早かったですな」

「本人、発見は時間の問題と思っていたようで、警察が訪ねていった時点で観念したようです。銀座の高級クラブのホステスどころか、歌舞伎町のかなり怪しげな風俗店勤務で、彼女の仲立ちで清水は他人名義のパスポートをヤクザから購入したんだそうです。金を持って一緒に海外へ高飛びするはずが、お前のような女を連れていくわけがないだろうと罵《ののし》られ、カ

ッとなって殺してしまったと」

高梨の推理どおり、俊美と争い、転倒した時点では清水は死んではいなかった。間もなく意識を取り戻したところに、パスポートを届ける約束をしていた神田美恵がやってきて、頭が痛いという清水の後頭部を冷やしたり、血痕《けっこん》の付着していた机を拭《ふ》いたりしたらしい。

その後、二人の間で口論となり、自分が騙《だま》され利用されていたことを知った神田がクリスタルの灰皿で清水の頭を殴打し殺害した。東京での取り調べで彼女は実にすらすらと犯行を自供したという。

高梨がその詳細を知るのは帰京してからなのだが、真犯人が逮捕されたという知らせは彼の心を浮き立たせた。

「田宮俊美は……失礼、田宮さんは事情聴取程度ですむんじゃないでしょうか」

「そうですな」

よかったです、と微笑んだ高梨を林は「こちらです」と会議室の前へと連れていくと、ノックをし、扉を開いた。

「ごろちゃん！」

酷く思い詰めた顔をした田宮が、広い室内にぽつんと座っている。彼の姿を見た途端高梨は駆け寄り、立ち上がった田宮の背を強く抱き締めていた。

「良平《りょうへい》！」

田宮もまた高梨の背に両手を回し、力一杯抱き締め返す。

「ど、どうぞごゆっくり……」

いきなり激しい抱擁《ほうよう》を始めた二人に林は相当驚いたらしかったが、邪魔をしてはいけないとでも思ったのか、そそくさとドアを閉めてくれた。

「ごろちゃん」

「ごめん、ごめん、良平」

身体を離し、顔を見下ろそうとする高梨の背を、田宮が強い力で抱き締め、胸に顔を埋めてくる。

胸にじんわりと染みてくるこの感触は田宮の涙に違いないと高梨は無理やりに身体を離すと、予想どおりぼろぼろと涙を零していた田宮の両頬を包み、額をつけるようにして顔を見下ろした。

「ごめん……本当にごめん……」

「謝る前にええニュースや」

「え」

泣きじゃくっていた田宮も、高梨が微笑みながら告げた言葉に戸惑いの声を上げ、じっと高梨を見上げてくる。

「俊美君は……ごろちゃんの弟は犯人やない。真犯人は無事逮捕されたそうや」

「本当か!?」

田宮のただでさえ大きな瞳が更に驚きに見開かれたあと、安堵《あんど》の涙に潤んでくる。

「ほんまや。これから俊美君にもそれ、知らせるさかい」

行こう、と高梨が田宮の背を促し、会議室を出ようとする。が、田宮がその場で足を止めたのに、

「ごろちゃん?」

どないしたん、と高梨も足を止め、田宮の顔を覗き込んだ。

「……ごめん、良平。俺、何も良平に言ってなくて……」

実は、と話しだそうとした田宮の背に、高梨の大きな掌《てのひら》が添えられる。

「今はごろちゃんの弟さんを——俊美君を、一刻もはよ、安心させたらな」

な、と微笑むその瞳も、背中に当たる掌の温かさも、この上なく高梨の愛情を感じさせ、田宮の目を潤ませてゆく。

「行こ」

「……うん」

頷く彼の瞳からぽたぽたと涙の滴が零れ落ちる。

「ごろちゃんはお兄さんなんやから。そないに泣いたらあかんよ」

さあ、と高梨が田宮に、ポケットから取り出した真っ白なハンカチを手渡した。そのハン

カチは勿論田宮が丹誠込めてアイロンがけしたものであり、きっちりと折り目のついたそれで涙を拭う田宮と高梨は肩を並べて会議室を出る。

「足、大丈夫か？」

富岡から捻挫のことを聞いていた高梨が、心配そうに田宮の顔を覗き込む。

「大丈夫。今の朗報聞いて、元気でた」

「ゲンキンやな」

笑いはしたが高梨は、田宮を労り、背に回した手で身体を支えてやりながら、その『朗報』を伝えるべく二人して俊美のもとへと急いだのだった。

8

高梨から、清水社長殺害事件の顚末《てんまつ》を聞いた俊美は、信じられない、と呆然としていたが、田宮が「よかったな」と彼の手を握り締めたとき、はらはらと涙を零した。

「兄さん、心配かけて、本当にごめん……」

「俊美……」

泣きじゃくる俊美を慰める田宮の頰にも涙が光っており、その様子を見つめる高梨の目も潤んでいた。

俊美は道警で取り調べを受けることになったが、おそらくすぐに釈放されるだろうと高梨は田宮にそう言い、彼を安心させた。

取り調べに入る前、俊美は田宮の手を握り締め、彼の目を見つめて懇願してきた。

「頼む。母さんを見舞ってやってほしい。きっと待っていると思うんだ」

「……でも……」

田宮はなかなか頷かなかったのだが、俊美から、自分が今置かれている状況を母に説明し、心配しないようにと伝えて欲しいと言われたのには折れ、最後には「わかった」と頷いた。

俊美の顔に笑みが浮かぶ。

「頼むね、兄さん」

何度もそう頭を下げる俊美を見送っていた田宮に、傍らから高梨が「行こか」と声をかけた。

「お母さんの病院、行こ」

「……うん……」

頷きはしたが、田宮の足が動く気配はない。どうしよう、というようにじっと俯いている田宮の肩を、高梨が、ぽん、と叩いた。

「……だいたいの事情は俊美君から聞いたわ」

「……っ」

高梨の言葉に、田宮がはっと顔を上げる。

「かんにんな」

自分に知られたことで、酷く傷ついた顔になった田宮を案じ、高梨が慌てて詫びると、

「……いや……」

いいよ、と田宮は泣き笑いのような顔になり、肩を竦めた。

「……良平には俺から話さなければと思ってたから……」

ごめんな、と謝る田宮の肩を、高梨がまたぽん、と叩く。

「行こ」

「……行けないよ。わかるだろう？」

田宮が首を横に振り、その場にじっと立ちつくす。

「ごろちゃん」

「……母さんは俺に見舞われても嬉《うれ》しくないと、良平も思うだろう？」

田宮が潤んだ瞳を高梨へと向け訴えかけてくるのに、高梨は笑顔のまま、ゆっくりと首を横に振った。

「思わへんよ」

「良平」

それは嘘だ、と言おうとした田宮の両肩に手を置き、高梨は「あんな、ごろちゃん」と彼の顔を覗き込んだ。

「……もしも、もしもやで。お母さんがごろちゃんと仲直りしたい思うとったら、どないする？」

「……え？」

高梨の問いは田宮にとっては予想外だったようで、戸惑った声を上げたのに、高梨は、にっこりと彼と目を合わせて微笑むと言葉を続けた。

「もしもごろちゃんのお母さんが、以前のことをとても後悔してはって、謝りたい、思うとるとしたら、ごろちゃん、どうする？　お母さんの話、聞いてあげたいと思わへん？」

「………」

ゆっくりと、思いのこもった言葉を紡いでゆく高梨に、田宮は何度か顔を上げ、首を横に振りかけたが、

「ん？」

高梨に尚も顔を覗き込まれたのに、う、と言葉に詰まり彼から目を逸らした。

「思うよな？」

問いを重ねる高梨に、田宮は「でも……」と弱々しく反論する。

「『でも』やない。ごろちゃんはお母さんのこと、恨んでへんのやろ？」

「恨むわけないじゃないか」

高梨の問いに、田宮ははっと顔を上げ、大きく首を横に振った。

「お母さんやもんな。恨むわけないよな」

彼の視線をきっちりと受け止めた高梨が、にっと笑いかけてくる。

「………」

それでも、と再び俯いた田宮の顔を、高梨が強引に覗き込み、言葉を続ける。

「ごろちゃんの家はほんま、仲のいい家庭やったそうやないか。血の繋がりがあろうがなかろうが関係ないて、皆、言うてはったんやろ？　そないなお母さんが、いつまでもごろちゃ

んに対して確執を持っとる、そない思うか？」

「それは……」

どうなのだろう、と田宮は俯いたまま、首を傾げた。母の己への憎しみが薄れているかどうか、とても自分では判断できない。ましてや、再び交流を持とうと思ってくれているか否かなど、わかるものではなかった。

「……わからないよ……」

それゆえ首を横に振った田宮の耳に、

「ええか？」

これでもかというほどに温かな高梨の声が響く。

「大切な人を亡くした悲しみは、消えることはないと僕も思う。でもな、歳月は悲しみを癒してくれると僕は思うとる。もう、十年以上の年月が流れとるんや。お母さんの心の中でも、お兄さんを亡くされた悲しみは随分と癒えてるんやないかと、僕は思うよ」

「………」

高梨の言うこともわかるが、それでも、と首を横に振る田宮に、高梨の真摯な声が尚も響く。

「ごろちゃん、もしもお母さんがごろちゃんと会いたい、思うとるとしたら、どないする？ごろちゃんが訪ねてくれるのを、待っとったとしたら？」

「そんなことは……」

「あらへん、いうことはない、思うよ。ずっと家族やったんやろ？　血の繋がりなんぞ関係ない、強い絆《きずな》で結ばれとったんやろ？」

「……………」

わからない、と首を横に振る田宮の大きな瞳から、ぼろぼろと涙がこぼれ落ちる。宙を舞う光の粒を見やりながら高梨は田宮の華奢な身体を抱き締め、「大丈夫や」と力強く訴え続けた。

「大丈夫や。何があっても僕がついてるさかい。僕を信じてくれてええから。な、ごろちゃん、一緒に病院行こ、な？」

高梨の囁く声が田宮の胸に染み渡りじんわりとした温かさが胸から全身へと広がっていく。

「僕がついとるさかい」

何度もそう繰り返す高梨の言葉が、なくしていた勇気を彼に奮い起こさせた。

行こうか――行ってみようか、と思い顔を上げたその目の先には、優しげに微笑む高梨が――誰より愛する相手がいる。

彼の存在こそが己の心の支えだという思いを胸に、田宮はようやく「うん」と頷くと、「行こう」と微笑みかけてきた高梨の胸に顔を埋めた。

病院に到着した田宮と高梨はまずナースステーションに寄り、母親の容態を尋ねた。

「落ち着いていらっしゃいます。来週の手術も予定通り行えると思いますよ」

息子さんでしたか、と看護師は少し驚いた顔になったが、田宮が「よろしくお願いします」と深く頭を下げると「大丈夫ですよ」と笑顔で頷いてくれた。

「先ほど検温にいったら起きてらっしゃいました。気分もよさそうでしたよ」

看護師の言葉に後押しされるように田宮は病室へと向かい、四人部屋の一番奥、窓側のベッドへとゆっくりと近づいていった。

仕切りのカーテンが閉まっている。そのカーテンを開こうとする田宮の手が震えているのに気づいた高梨が、後ろから彼の肩をぽん、と叩く。

「………」

振り返った田宮に、大丈夫、と高梨が頷いてみせる。田宮はまた、「うん」と小さく頷くと、震える手でそっとカーテンを捲《めく》った。

「お母さん」

声をかけながら中に入る。続いて入った高梨の目に、寝台を起こして本を読んでいた女性が驚きに目を見開いたさまが飛び込んできた。

「……吾郎……」

「お母さん、俊美から入院したと聞いてお見舞いに来たんだ。大丈夫？」

問いかける田宮の声は酷く震えていた。ベッドへと近づいていく彼の足もまたぶるぶると震えている。

「……吾郎……」

田宮を凝視し、名を呟いた女性の——母親の声も酷く掠れていた。やつれてはいるが綺麗な人だ、俊美によく似ているな、と思いながら眺めていた高梨の目の前で、大きく見開かれた母親の目にみるみるうちに涙が盛り上がっていった。

「お母さん」

母親の瞳からはらはらと涙が流れ落ちるさまに、田宮が驚きの声を上げ駆け寄っていく。

「……吾郎……」

母親の手が真っ直ぐに田宮へと伸びる。その手を田宮は一瞬の躊躇いを見せたあと、ぎゅっと握り締めた。

「吾郎」

母の手もまた、吾郎の手をぎゅっと握り返す。

「お母さん」

「ごめんなさい……ごめんなさい……」

ぼろぼろと涙を零し、噎《むせ》び泣きながら詫びる母に、

「謝らないで、おかあさん」

激しく首を振り、そう答える田宮の頬もまた涙に濡れていた。

「……ごめんなさい。本当にごめんなさい」

「謝らなくていいから。お母さん、泣かないで」

田宮が何を言っても母は、ただ『ごめんなさい』と繰り返し、ぼろぼろと涙を零し続ける。

「あなたは何も悪くないのに、私は……私は……」

「大丈夫だから。俺はなんとも思ってないから」

泣きやまぬ母の背を、田宮の両手が抱き締める。

「……吾郎……」

「お母さん……」

それでも尚、『ごめんなさい』と繰り返す母に、田宮は何度も『大丈夫だから』と答え、暫くの間二人は涙を流しながら固く抱き合っていた。


母も、そして田宮もようやく落ち着いたのは、それから三十分ほどした後だった。

「……ごめんなさいね」

少し恥ずかしそうに詫びる母親に、

「ううん」

田宮もまた、恥ずかしそうに微笑み、首を横に振ってみせる。

「……俊美が知らせてくれたの」

「うん。元気なくしてるから、お見舞いに行ってやってほしいって」

「……それで来てくれたの」

問いかける母の目が、新たな涙で潤んでくる。

「……あんな……恨まれても仕方ない酷い仕打ちしてしまったのに……」

「恨むわけないよ。俺は……」

首を横に振る田宮の目もまた、酷く潤んでいた。

「ありがとう。吾郎……」

そんな田宮の頬に手を伸ばし、母が潤んだ瞳を細めて泣き笑いの顔になる。

「お母さん」

母が自分が来たことを喜んでくれている——そう思う田宮の胸は熱いものが込み上げてきて、また涙が流れ落ちそうになったが、母の視線が自分の背後へと移り、

「こちらは？」

と問いかけてきたのに、はっとし振り返った。

「はじめまして」

母の視線を追い振り返った先では、高梨が満面の笑みを浮かべ頭を下げていた。

「田宮さんの友人の高梨と申します。ちょうど札幌に来る用事がありまして、お見舞いに同行させていただきました」

「……良平……」

自ら『友人』と名乗った高梨に、田宮が戸惑いの目を向ける。

「そうでしたか。いつも吾郎がお世話になっております」

母が高梨に頭を下げるのに高梨は「こちらこそ、お世話になっています」と頭を下げ返したあと、田宮に向かい「そしたら僕は、帰るわ」と笑顔を向けた。

「良平」

「お母さんとゆっくり話してき」

それじゃな、と立ち去ろうとする高梨を、「ちょっと待ってて」と母に断り、田宮が廊下まで追ってくる。

「良平、あの……」

「十年ぶりくらいに会うたんやろ？　積もる話もあるんやない？」

僕はそろそろ行かなあかんから、と高梨は微笑むと、

「あんな」

少し困った表情になり、田宮の顔を覗き込んだ。

「なに？」

「……僕らのことは、まだお母さんには言わんほうがええと思うんよ。手術前にショック与えたらあかんし」

「…………」

高梨の言葉に、田宮は、それでか、と彼が『友人』と名乗った理由を理解した。

田宮は高梨を自分の大切な人だと母にも紹介するつもりでいたのだが、高梨にそう言われ、俊美の反応を思い出した。俊美のあの動揺ぶりを思うと、母が同じように衝撃を受けないとは言い切れない。

黙っていたほうがいいのだろうか。でも――俯く田宮の肩を、高梨の両手が包む。

「手術が無事終わって、お母さんが元気になってからちゃんと話そう。焦ることはない。ゆっくりでええやん」

な、と微笑む高梨の言葉に、確かにそのとおりだ、と田宮も「うん」と頷く。

「きっとわかってくれはると思うわ」

高梨がぎゅっと田宮の肩を掴む手に力を込めたのに、

「そうだね」

田宮も大きく頷き、笑顔を向けた。

「そしたら、またな」

「うん」

ぽん、と田宮の肩を叩き、高梨が踵を返す。

「良平」

その背中に田宮が声をかけたのは、まだちゃんと礼を言っていないことに気づいたからだった。

「なに？」

「愛してる」

振り返った彼の顔を見たとき、『ありがとう』という筈《はず》だった田宮の口からぽろりと、あまりにも自然にその言葉が漏れる。

「………」

高梨は一瞬驚いたように目を見開いたが、すぐににっこりとその目を細めて微笑むと、

「僕もや。愛してるよ、ごろちゃん」

そう言い、ふざけた仕草で投げキッスをしてみせた。

「今はこれだけな」

「うん」

田宮もまた微笑み、高梨に頷いてみせる。

「続きは東京で。いやっちゅうほどな」

「わかったって」

ふざけて粘る高梨に、田宮が笑いながら答える。二人の心の絆を二人してこれでもかというほどに感じ合う喜びをお互いの笑顔の中に見出しつつ、田宮と高梨は「それじゃあ」と手を振り合い、束の間の別れを惜しんだ。


その後、俊美は事情を聞かれたものの拘留されることはなく無事に自宅へと戻された。言うまでもなく高梨の尽力によるものだったのだが、それがわかったのだろう、俊美は道警の刑事に出発時間を聞いたと言い、新千歳空港まで彼を追ってきて、本当に世話になったと深く頭を下げて寄越した。

「こちらこそ。わざわざいらしてくださりありがとうございます」

高梨もまた丁寧に俊美に頭を下げ返すと、「そしたら」と出発ゲートへと向かおうとしたのだが「あの」と俊美が声をかけてきたのに足を止め、彼を振り返った。

「なんでしょう」

「……あの、これ……」

俊美が高梨に向かい、一冊の古い手帳を差し出してくる。

「これは……」

もしや、と思いながら問い返した高梨は、帰って来た俊美の答えに、やはり、と心の中で頷き、表紙の色が既に変色している手帳を見やった。

「兄の……和美兄さんの日記です。母は捨てろと言いましたが、僕にはどうしても捨てることができなくて……」

「…………」

俊美もまた手の中の手帳を見ながら、ぽつぽつとそう話し出す。と、そのとき高梨の手が伸び、俊美の手から手帳を受け取った。

「高梨さん」

「僕が預かりましょう」

にっこりと微笑み、高梨が大切そうに手帳を胸に抱く。

「高梨さん……いいんですか？」

俊美が心配そうに問いかけたのは、自分では捨てるに忍びなく、持ち続けることもできないものを、彼に託していいのかと案じているためらしかった。

「ええよ」

高梨はそんな彼に、任せておけ、とばかりに大きく頷いてみせる。

「ごろちゃんの過去も未来も、何もかも、僕はひっくるめて受け止めたい、思うとるさかいな」

にっこりと微笑みながらそう告げた高梨に、俊美は一瞬ぽかんと口を開けて顔を見やっていたが、やがて、心から安堵したように微笑み、高梨に向かって深く頭を下げた。

「兄のこと、よろしくお願いいたします」

「こちらこそ、不束者《ふつつかもの》ですがよろしゅう」

高梨もまた深く頭を下げ返し、「そしたら」と顔を上げる。

「東京にいらしたときには寄ってください」

「はい、寄らせてもらいます」

笑顔で挨拶《あいさつ》を交わす二人の間に親密な空気が流れているのを高梨は感じていた。社交辞令ではなくきっと、俊美はまた自分を——そして田宮を訪れてくれるに違いないという確信を抱きながら高梨は彼に手を振り、ゲートへと進んでいった。

飛行機の中で高梨は、和美の日記を開き、一ページ目から読み始めた。途中、墓参の思い出を綴《つづ》ったページに田宮の名を見つけ、文章を目で追う。

『吾郎のかわりに、彼の母親の墓に花を手向ける。

命日にこっそりと一人で墓参をしていた吾郎のあとをつけ、それとつきとめたのは、もう何年前のことになるだろう。

吾郎が僕らに、自分の母親の命日に墓参りをしていることを隠していたのはおそらく、気を遣ってのことだと思われる。気持ちはわかるが、家族なのだからそんな気は遣ってほしくなかった。

とても寂しい、と吾郎に言うと、吾郎は大きな目からぼろぼろ涙を零し、僕に詫びた。今度から一緒に行こう、というと、彼は涙を拭い、にっこりと本当に嬉しそうに笑って頷いた。

胸が苦しくなるほどの愛しさを覚えたのはそのときが最初だったように思う。

愛しい――家族に、弟に対する以上の気持ちであることに気づいたのは、随分とあとになってからだったけれど』

その後、和美の日記には綿々と吾郎への思いが綴られていく。綺麗な文字がだんだんと乱れていくのを目で追うことに、次第に高梨は苦痛を覚えてきたのだが、日記を閉じることはできなかった。

田宮の過去も未来も、何もかもを受け止める――俊美に宣言したのに途中放棄はできない、と最後のページまで捲り続ける。

『愛している　愛している　愛している　愛している　愛している　愛している』

紙面を埋め尽くす、書き殴りの文字で記された愛の言葉が、高梨の胸に突き刺さる。和美の苦悩を、そして彼を――息子を失った母親の悲しみを、今になり真相を知らされた俊美の驚愕《きょうがく》を、田宮を、そして彼の家族のすべてをこの腕で受け止め包み込んでやる。

それが自分に出来うる最良の形だと思うから、と一人頷き、手帳を閉じて胸に抱く高梨の脳裏には、愛する人の――過去も未来も、彼に付随するすべてを受け止めたいと願う愛しい恋人の姿が浮かんでいた。


「……あっ……」

高梨の腕の中で、田宮が堪えきれずに声を漏らし、腰を捩《よじ》る。北海道から戻ったばかりであるし、足の捻挫もあるし――捻挫のほうは母親の入院していた病院で治療を受けたため、痛みはほぼなくなってはいたようだが――という気遣いのもと、あまり激しい行為には至らぬようにしようと思っていた筈なのに、欲情に瞳を潤ませ、シーツの上で色っぽく身体をくねらせる彼を前にしては、心得ていたはずの配慮は彼方《かなた》へと飛び去り、高梨は欲望の赴くままに田宮の肌にむしゃぶりついていってしまっていた。

「あっ……やっ……あっ……」

ぷく、と勃《た》ち上がった乳首を吸い上げ、舌先で転がすようにして愛撫《あいぶ》する。もう片方を指先で強く抓り上げたのに、田宮の身体はびくっと震え、上がる嬌声《きょうせい》も高くなった。

「あっ……はぁっ……あっ……」

丹念に胸を舐《ねぶ》り、攻め立てるうちに二人の身体の間で田宮の雄は形を成し、その熱を高梨の肌に伝えてくる。今度はこちらを、と高梨は身体をずり下げると、田宮の両脚を摑んで大きく開かせ、露わにした下肢に顔を埋めた。

「やだ……っ……」

どくどくと脈打つ田宮の雄をすっぽりと口へと含み、唇に力を込めてゆっくりと出し入れしてやる。睾丸《こうがん》を揉みしだきながら何度か出し入れしたあと、一番敏感なくびれた部分を中心に先端に舌を絡めると、田宮は大きく背を仰《の》け反《ぞ》らせ、いやいやをするように首を横に振った。

「…………」

このサインは決して『拒絶』ではなく、この上なく感じていることだと知っている高梨の動きは止まらず、竿《さお》を扱《しご》き上げながら、鈴口から滲み出る透明な液を音を立てて啜《すす》ると、田宮の腰はまた捩れ、首を振る回数は更に増していった。

「あっ……もうっ……もうっ……」

限界が近いのだろう、叫ぶように告げる彼に、いくといい、と高梨は彼を口に含んだまま、勢いよく竿を扱き上げる。

「あぁーっ」

一段と高く声を上げて田宮が達し、高梨の口の中に精を放った。

「……ぁ……」

ごくん、と高梨が喉《のど》を鳴らし、彼の精液を飲み下す音が室内に響く。はあはあと乱れる息の下、田宮の耳にもその音は届いたようで、薄く目を開いて高梨を見下ろすと、小さな声で「ごめん」と詫びてきた。

「何を謝るの」

田宮自身、あまりフェラチオは得意ではなく、高梨にもときどきしてくれるのだが、いつも飲むときには酷く辛そうな顔になる。無理をしなくていい、といくら言っても、大丈夫と突っぱねる彼は自分のものも飲んでもらっているのに、高梨のそれを吐き出すわけにはいかないとでも思っているらしい。

別に吐き出されたところでなんとも思わないといくら言っても「無理なんてしてない」と田宮は常に突っぱねる。だが、自分のものを高梨が飲んだときにこうも申し訳なさそうだということはやはり、無理しているのだろうと高梨は察し、できるかぎり田宮にはフェラチオをさせまいと心がけている。

「謝ることなんか、あらへんよ」

自分にとっては少しの苦痛も感じる行為ではないのだから、という思いを込めて高梨は田宮に微笑みかけ、少し身体を起こして彼の両脚を抱え上げると、今度は露わにした後孔へと舌を這《は》わせていった。

「ん……っ」

くすぐったい、と首を竦めていた田宮も、高梨が双丘を割り、指と舌で中を抉《えぐ》るようにすると、彼の身体にもまた欲情の焔が立ち上り始めたようで、次第に息が乱れ、肌が汗ばんでくる。

「あっ……やっ……」

二度目の快楽の波にすっかりと乗ったらしく、田宮の口からは悩ましい声が漏れ、淫《みだ》らに腰が揺れていく。

「……たまらんね……」

よく田宮に揶揄される『エロオヤジ』そのままに高梨はごくりと唾《つば》を飲み込みそう呟くと、勢いよく身体を起こして田宮の両脚を更に高く抱え上げ、既にいきり立っていた己の雄を、そこへと——薄紅色の内壁をひくひくと震わせている田宮の後ろへとねじ込んでいった。

「あっ……」

ずぶり、と先端が挿入されたのに、田宮の口から高い声が漏れ、背中が大きく仰け反る。きゅっとそこが締まった刺激にまた高梨はごくりと唾を飲み込んだあと、一気に腰を進めていった。

「あぁ……っ」

ぴた、と互いの下肢が綺麗に重なったときに田宮はそれは満ち足りた顔になり、小さく息を吐いたのだが、次の瞬間始まった激しい高梨の突き上げには、またも背を大きく仰け反らせ、高く声を上げ続けることになった。

「あっ……はぁっ……あっ……あっ……あっ」

パンパンと高く音が響くほどの力強い突き上げに、一気に快楽の階段を駆け上っていった田宮の雄が熱く震える。

「やっ……あぁ……あっあっあっ」

またも激しく首を横に振り、悲鳴のような声を上げる田宮の、汗で滑る両脚を何度も抱え直しながら、高梨は勢いよく腰をぶつけ田宮を更なる快楽の世界へと導いていく。

「あっ……もうっ……あぁっ……もうっ……もうっ……」

いく、と仰け反り、白い喉を見せる田宮の雄を、高梨の右手が握り込み、腰の動きはそのままに一気に扱き上げる。

「あぁっ」

その刺激に田宮は容易《たやす》く達し、一段と高く叫びながら白濁した液を高梨の手の中に飛ばした。

「くっ」

射精を受け、くっと田宮の後ろが締まる。高梨もまたそれで達し、彼の中にこれでもかというほどの精を放っていた。

「……ごろちゃん……」

放心した顔で、はあはあと息を乱している愛しい恋人に、高梨はゆっくりと覆《おお》い被《かぶ》さり、額に、頬に、細かいキスを与えていく。

「……ん……」

唇の感触が心地よいのか、安堵しきった顔をしていた田宮の手が伸び、高梨の背を抱き締める。

「愛してるよ」

高梨の囁きに、彼の背を抱き締める田宮の手には一段と力がこもり、紅潮した頬に浮かぶ笑みが広がってゆく。

幸せそうなその笑みに、背を抱く腕の感触に、己の胸にもこの上ない幸福感が満ちてくるのを自覚しながら、高梨は何度も『愛している』と囁き、ついばむようなキスを田宮の顔中に降らせていった。

「大丈夫？」

それからもう一ラウンドこなしたあと、精も根も尽き果てた、という様子の田宮の顔を、また無理をさせてしまったという反省を胸に高梨は覗き込んだ。

「……大丈夫……」

まったく『大丈夫』ではないだろうに、田宮は今日も無理をして微笑み、はあ、と小さく息を吐く。

「待っててや」

水を持ってきてやろう、と高梨はベッドから降りてキッチンへと向かい、冷蔵庫からペットボトルを二本取り出すと、また田宮の許に戻ってきて、一本を彼へと差し出した。

「ごめん」

ありがとう、と言い、受け取る彼を、

「せやから」

どさり、とベッドに腰を下ろしながら、高梨がじろりと睨む。

「謝らんでええよ。それと、気ぃ遣わんでもええ。もっと甘えてほしいわ」

「充分甘えてると思うんだけど……」

そう言い、苦笑する田宮に、

「甘え方が足りへん」

高梨もまた苦笑すると、貸してや、と彼の手からペットボトルを取り上げ、キャップを外してやった。

「女の子じゃなんだから」

「力、入らへんかと思って」

「年寄り扱い？」

「僕のが年上やろ」

軽口を叩き合ったあと、改めて田宮が「ありがとう」と礼を言い、高梨が「どういたしまして」とおどけてみせる。

二人して顔を見合わせ、笑い合ったあと、それぞれにごくごくと水を飲むという、沈黙の時間が暫し流れた。

「もう一本、飲む？」

あっという間に飲みきってしまった田宮に気づき、高梨が彼に向かって手を伸ばす。

「いや、いい」

田宮は笑顔で首を横に振ったあと、不意に真面目な顔になり、高梨をじっと見つめてきた。

「なに？」

「良平」

高梨を見つめる田宮の目が、みるみるうちに潤んでくる。

「どないしたん」

突然恋人に涙ぐまれ、驚いた高梨が慌ててベッドへと上がり込み、田宮の顔を覗き込んだのに、

「今回のこと、本当にごめんな」

田宮は涙を堪《こら》えた声でそう言い、深く頭を下げて寄越した。

「……ええよ。気にせんでええ」

高梨がそんな田宮の髪をさらりと撫で、そのまま彼の頭を己の胸へと導いていく。

「……俊美君のことを僕に相談できへんかったのは、僕が警察の人間やからやろ？　ちゃんとわかってるさかい、ほんまに気にせんでええよ」

あほやな、と田宮の背をぽんぽんと叩きながら、高梨が彼の耳元で優しく囁く。

「……母親のことも、ずっと黙ってたし……」

高梨の裸の胸に顔を伏せたまま、田宮が涙の滲んだ声で呟く。

「僕も聞かへんかったしな」

ほんま、ええて、と高梨は田宮の背をぎゅっと抱き締め、彼の髪に顔を埋めた。

「僕らが一緒に暮らし始めて、まだ二年しか経ってへん。生まれたときからずっと一緒におったわけやないんやし、知らんことがぎょうさんあったかて、しゃあない思う。そやろ？」

ひとことひとこと、気持ちをこめた言葉を高梨が田宮の耳元に囁き、背中を抱く手に力を

込める。

「これからや。僕らはこれから、ほんまの家族になればええんや」

「良平……」

田宮の声が震え、彼が頬を押し当てる高梨の裸の胸に温かなものが流れてゆく。

「……愛してるよ」

温かな涙の感触にますます愛しさを募らせながら、高梨は田宮の背をきつく抱き締め、耳元で何度も愛の言葉を囁き続けた。

エピローグ

弟と——吾郎と上京する前日、墓参にいこう、と彼を誘った。

これから大学生活が始まることを、彼は母親に報告をしにいきたいと思っているに違いないと思ったからなのだが、僕の誘いに吾郎はそれは嬉しそうに微笑むと、「ありがとう」と聞こえないような声で礼を言った。

「……兄さん……」

霊園の中を肩を並べて歩くうちに、傍らで吾郎が、くすり、と笑いを零す。

「どうしたんだ？」

何がおかしいのか、と問うと、吾郎は懐かしそうに目を細め、ぽつりとこんなことを言い出した。

「子供の頃のこと、思い出してた。ほら、兄さんが俺のあとをつけて……」

「ああ」

こっそりと実母の命日に一人墓参をしていた、それを僕がつきとめたときのことを、彼は言っているらしい。

「あのときも……それから、父さんが亡くなったとき、俺が家を出たほうがいいかなと言ったときも、酷く兄さんに怒られたなあ」

「……そんなに酷く怒ったかな」

そう相槌を打ちながらも、確かに『酷く』怒った自覚は、実は僕にはあった。

どちらのときも吾郎は一人ですべてを抱えようとしていた。家族なのに、兄弟なのに、どうして打ち明け相談してくれないのだという寂しさが、僕の声を荒らげさせていたのだ。

吾郎が僕に気を遣うのは、それだけ二人の間に距離があるためだろう。実際血のつながりがある俊美は僕に気など遣ったことはない。

僕は誰より吾郎の近くにいたいのに、吾郎は僕との間に距離を置こうとする。それが悔しく、哀しいのだ、という思いがつい、怒声となって現れてしまったのだが、それを説明するとまた吾郎は気を遣うだろうからと思い、僕はとぼけたのだった。

「怒ってた。鬼のようだったもの。怖かったよ」

あはは、と吾郎がわざとふざけた口調になる。

「言ったな」

僕もまたふざけて彼の首をプロレス技よろしく抱き寄せようとしたのだが、そのとき彼の大きな瞳が潤んでいることに気づき、思わず動きがとまってしまった。

「……本当は、凄《すご》く嬉しかったんだ」

気づかれた、と思ったのか、吾郎が僕から顔を背け、目を擦《こす》りながらぼそりとそんな言葉を口にする。

「……兄さんに怒ってもらえて、嬉しかった。本当に家族なんだなあって……兄弟なんだなあって思ったら、なんていうか……嬉しくて、泣けてきた」

「馬鹿だなあ。当たり前じゃないか」

ぼそぼそと震える声で喋り続ける吾郎の、華奢《きゃしゃ》な肩もまた震えている。思わずその肩を抱き、乱暴なくらいの口調で言い放ってしまったのは、僕の瞳にもまた涙が込み上げてきてしまったからだった。

「……ありがとう、俺、兄さんの弟で嬉しいよ」

泣き顔を見られたくないのか、吾郎がそっぽを向いたまま、やっぱり聞こえないような声で告げたのに、

「馬鹿か」

悪態で返しはしたものの、僕の胸には熱い想いが込み上げてきてしまっていた。

今や僕と吾郎の間には遠慮の壁はない。誰よりも近しい、家族という絆でしっかりと結ばれている、それを喜ぶ気持ちともう一つ――。

「馬鹿で悪かったな」

涙声で悪態をつき返す、華奢な彼の肩を抱く指先が、なぜだか酷く震えてしまう。抱き寄

せているせいで子供のように高い彼の体温を感じる胸の鼓動がやたらと高鳴ってしまうのは、一体どうしたわけなのか。

「東京でも兄さんと一緒かと思うと、心強いな」

ぼんやりと一人、思考の世界にはまりこんでしまっていた僕は、不意に吾郎に話しかけられ、はっと我に返った。

「ああ、そうだな」

そう、これから僕らは二人で東京暮らしをすることが決まっていた。彼と二人で暮らすアパートの部屋の風景が僕の脳裏に浮かんでくる。

二人で暮らす――またもどきり、と胸の鼓動が高鳴ったのに、どうしたのだろう、と動揺していた僕の様子を訝ったのか、吾郎がじっと顔を見上げてくる。

「兄さん、大丈夫？　気分でも悪いの？」

零れそうな大きな瞳。先ほど涙ぐんだせいか、紅潮しているすべらかな頰。小さく開いた紅い唇――抱き締めたい、という衝動が不意に込み上げてきたことが尚更に僕を動揺させ、思わず乱暴に吾郎の身体を逆に押しやってしまっていた。

「兄さん？」

どうしたの、と吾郎は驚いた顔をしたが、すぐに僕がふざけていると思ったらしい。

「酷いなあ」

暴力反対、と口を尖《とが》らせる彼に「冗談だよ」と笑い返す僕の胸の鼓動は高鳴ったままで、頬がやたらと紅潮してくる。

この気持ちがなんなのか——そのときには既に気づいていただろうに、僕は必死で気づかぬふりをしながら、かりそめの『家族』を一生懸命演じていた。

カランコロン
あら
新宿サメ！
そろそろ
来る頃だと
思ってたわよ
げっ！
何
飾ってんだよっ
結婚しました
二人の愛に
あやかりたくて♥
何かご利益
ありそうなくらい
ラブラブなんだも〜ん
こんなとこに
晒してんじゃねえよ！
個人情報！
アンタが
いる間だけよう
こんな時間に
他の客なんて
来ないぃ〜
…にしても
はぁ…
ホント
幸せそうよね〜

高梨さんも素敵だけど
このごろちゃんてば！
こ～んな無垢な笑顔でさ
穢れも苦労も無縁で
周りに愛されて育ったって感じかしら
…そんなもん分かんねえだろ
なによお絡み酒？
ガリガリ
そうじゃねえよ！
そうじゃねえけど…

もしかしたら
笑顔の下にすげえ辛い思いとか隠してんのかも知れねえし
そんなの他人からは分からねえだろ
そとからじゃ
上っ面しか見えねえもんだし…
…そっか
…でもさ
そうよね

人知れない苦悩を抱えてたとしても
この笑顔は本物でしょ
まるっきりの嘘でこんな風には笑えないわよ
ああ…そうだな
そうよオ！
まあ飲みなさいよ
特別に一番高いボトル開けちゃお♪
すまねえな
え？
おごらないわよ？
!!
トクトクトク…
あんもうこぼれちゃうじゃない
やめろ注ぐのやめろ!!!
ギャー
なんちゅう恐ろしい店だ
読者様、愁堂先生、担当様、本当に申し訳ありませんでした…！

あとがき

はじめまして&こんにちは。愁堂れなです。

この度は四冊目のルチル文庫となりました『罪な愛情』をお手にとってくださり、どうもありがとうございました。罪シリーズ、通算七冊目となります。今まで謎のヴェールに包まれていた? ごろちゃんの家族が、そして彼の過去が初めて出てくる本作が、皆様に少しでも気に入っていただけましたら、これほど嬉しいことはありません。

今回も包容力溢れる良平を、けなげな頑張り屋ごろちゃんを、本当に素敵に描いてくださいました陸裕千景子先生に心より御礼申し上げます。表紙のごろちゃんの切ない瞳に、良平の愛しげな表情に、心臓鷲摑みにされました! また今回もおまけ漫画をどうもありがとうございます。めちゃめちゃ嬉しかったです!! 本当に本作でもたくさんの幸せをいただき、ありがとうございました。次作もどうぞよろしくお願い申し上げます。

そして今回も担当のO様には何から何までお世話になりました。色々とご迷惑をおかけし、申し訳ありませんでした。これからも頑張りますので、何卒よろしくお願い申し上げます。

最後になりましたが、何よりこの本をお手に取ってくださいました皆様に、心より御礼申し上げます。

罪シリーズも第七弾となりました。こうしてこのシリーズを書き続けていくことができるのも、いつも応援してくださる皆様のおかげです。本当にどうもありがとうございます！よろしかったらどうぞご感想をお聞かせくださいね。皆様の温かなお言葉には、いつも本当に助けていただいています。これからも皆様に少しでも楽しんでいただけるような作品が書けるよう頑張ります！

さて、次のルチル文庫は、来年一月に『unison』シリーズ第二弾『variation』をご発行いただける予定です。よろしかったらこちらもどうぞお手に取ってみてくださいね。

来年は罪シリーズの復刻版もご発行いただける予定となっています。詳細決まりましたら、ブログ（http://shuhdoh.blog69.fc2.com/）かメルマガ（http://m.mag2.jp/M0072816）で、すぐにお知らせさせていただきますね。

また皆様にお目にかかれますことを、切にお祈りしています。

平成十九年十一月吉日

愁堂れな

このあと、以前サイトに掲載していた『激情』（旧題「いつかのメリークリスマス」／サイト三周年記念）を再録いただきました。当時お読みくださった皆様にも、初読みの皆様にも、お楽しみいただけるといいなあと祈っています。

雨は本当に夜更け過ぎには雪へと変わった。

定番のクリスマスソングの歌詞ではないが、トタン屋根を叩いていた雨音が止《や》み、かわってしんしんと音もなく雪が降り始めたようだった。

積もるかな――このボロアパートには通路に屋根がない。いつか大雪が降ったとき、階段までは自力で雪かきが必要だったが、スコップなど持ち合わせているわけもなく、随分難儀をしたのだったと思いながら俺は、提出期限が明日に迫ったレポートを前に溜め息をついた。

気が乗らないせいか、先ほどから少しもワープロを打つ手が進まない。理由はわかりきっていて、同じ講義を取っていた『彼』が急に帰省してしまったせいだった。

理由も何も言わず、ある日からぱたりと大学に来なくなった彼を案じ、家に電話をかけてみたが留守番電話になるばかりで、何かあったのではないかとアパートを訪ねると、管理人から三日ほど前に帰省したと聞かされた。

「何かあったんですか？」

「さあ。暫く帰れないかもしれない、みたいなことを言ってたが」

彼のアパートの管理人は昭和一桁《ひとけた》生まれの頑固そうなじいさんだった。無愛想だが面倒見はいいそうで、庭の柿をくれたりするのだと彼から聞いたことがあった。

「急な話だったんですか？　ご不幸か何かでしょうか」

「さあねえ」

だがその面倒見のいい管理人にも彼は詳しいことを話さず帰省してしまったらしい。まあ、俺の知らないことをじいさんが知っていたらそれはそれでショックだなと、彼のアパートからの帰り道、そんな馬鹿げたことを本気で考え自分を慰めたのだったと、俺は今更のように苦笑し、ワープロをパタンと閉じた。

もう何日彼の顔を見ていないだろう。いち、に、と日にちを数え始めた自分に気がつき、また馬鹿げたことをしてると苦笑する。

これではまるで恋だ。何も告げずに帰省されたことを気にやみ、会えずにいる日数を指折り数えるなど、恋に身を焼く男のようではないかと自虐的なことを考えたとき、俺の胸はなぜかどきり、とやけに大きく脈打った。

恋、か――。

どさ、と窓の外、何かが落ちる音に俺ははっと我に返った。すっかり頬に血が上ってしまっている。暖房が効きすぎているのかと立ち上がり、空気を入れ替えようと窓を開けた。

「へえ」

窓を開けた途端、いきなり目の前に開けた銀世界に俺は思わず感嘆の声を上げていた。俺が思っていたより随分前から雪は降り始めていたらしい。先ほどの何かが落ちる音は、窓の近くに張り出した大きな木の枝に積もった雪が落ちた音であったようだ。

熱いほどだった室内に急速に冷気が立ち込める。これ以上寒い思いをすることもないかと俺は再び窓を閉じかけたのだったが、そのとき前の路上に佇《たたず》む人影に初めて気づいた。

街灯を背に一人の男が俯いた姿勢で立っている。最初その存在に気づかなかったのも無理のない話で、男はぴくりとも動かず、じっとその場に立ち尽くしていたのだった。酔っ払いかなにかだろうか、と俺は目を凝らし男の様子を窺った。外の気温は零下だろう。あんな場所で夜を明かそうものなら、凍死だってしかねない。かといって、かかわりあうのも面倒だ。警察にでも電話するか、と窓を閉めかけたとき、今までぴくりとも動かなかった男が不意に顔を上げた。

「あ」

思わず大きな声を出してしまったのは、その顔にあまりにも見覚えがあったからだった。

見覚えどころではない。今の今まで思い浮かべていた馴染みのありすぎるその顔が突然目の前に現れたことに動揺したあまり、俺は夢か幻を見ているのではないかという錯覚に陥ってしまったほどだった。

「あ」

男もまた俺を見て、驚いたような顔をする。夢でも幻でもない、現実の彼だとわかったときには、夜中であることを忘れ俺は叫んでしまっていた。

「待ってろ！」

窓も閉めずに部屋を駆け出し、外付けの階段を下りて前の道へと走り出る。この間に彼がいなくなってしまうのではないかという俺の心配は杞憂《きゆう》に終わり、街灯の下、上から見下ろしたのとまったく同じ格好の彼が、俺に笑いかけてきた。

「やあ」

「……お前、なにやってんだよ」

近くで見る彼は随分酔っているようだった。そればかりかコートやジーンズのあちこちが汚れ、袖などほころびてしまっている。殴られたようなあとがある痛々しい顔は、周囲に積もり始めた雪より真っ白だった。

「いや、元気かなって思って」

「馬鹿か」

やはり随分酔っているのか、呂律《ろれつ》が回ってなかった。いいから来い、と俺は彼の腕を取り部屋へと引き返そうとしたが、摑んだコートはまるで冷蔵庫にでも入っていたかのような冷たさだった。

「いつからいたんだよ？」

「いつからかなあ」

わからないや、と言ったあとけらけらと笑う彼を部屋に引きずり込み、ヒーターの前に座らせる。

「風呂わかしてやるから待ってろ。その前に濡れた服脱いで、ああ、タオルはこれ。あ、こたつ入れよ」

「……」

暖かな室内に入ったことで、ようやく自分の身体が冷え切っている自覚をもったらしい、がたがたと震え始めた彼にタオルを投げつけ、風呂に湯を入れ、何か着るものをとクローゼットをかき回してスウェットの上下を引っ張り出し——と、俺が動き回っている間、彼はヒーターの前にぼうっと座り込んだまま駆け回る俺を見つめていた。

「ほら、早く服、脱げよ。そうだ、なんかあったかいもの入れてやる。茶がいいか？　それともコーヒーか？　ああ、ココアもさがせば……」

「………なんかお前、おふくろみたいだ」

まったくもう、と彼が握ったままになっていたタオルを取り上げ、ごしごしと髪を拭ってやりながらひっきりなしに喋っていた俺は、そんな突拍子もないことを言われ、

「へ？」

と手を止め、彼の顔を見下ろした。

「おふくろに世話やかれてる気分」

「馬鹿、早く脱いで着替えろよ」

俺は乱暴に彼の髪をタオルでかき回すと、

「痛いよ」

と笑う彼に、「ほら」とスウェットを投げつけた。

「シャワーだけでも先に浴びてくれれば」

「うん」

言いながらも彼はじっとその場を動こうとしない。

「……おい？」

その頃になってようやく俺は、彼の様子がおかしいことに気づいた。

いや、勿論今までも充分おかしいといえる状態ではあったのだけれど、酔っ払っているんだろうな、のひとことで片付くくらいの「おかしさ」としか、俺は認識していなかったのだ。

いつもの彼とはまるで違う彼が、そこに呆然と座っていた。俺が投げつけたスウェットを握り締め、じっと動かずにいる彼の顔を俺は再び覗き込み、

「どうしたんだ？」

静かに問いかけてみた。

「…うん……」

彼は俺を一瞬見たが、すぐ俯いてしまった。そのまま何も喋ることなく俯き続ける彼の肩が微かに震え始める。

寒いのだろうか、それとも――？

「……こんな時間に、どうしたんだよ」

彼が泣いているかどうか、確かめようとしたのではないといえば嘘になる。が、実際顔を上げた彼の目が酷く潤んでいるさまに、見てはいけないものを見てしまったような思いにとらわれ、動揺のあまり俺は言葉を失ってしまった。

「……今日北海道から帰ってきたんだけどさ、アパートの前までいって自分の部屋見上げたら、当たり前の話だけど電気ついてなくてさ」

黙り込んだ俺のかわりに、ぽつぽつと彼が話しはじめた。

「……なんか部屋に入る気しなくて、そのまま飲みに行ったんだけど、どんなに飲んでも誰もいない部屋に戻る気になれなくて……」

「……飲むって、誰と？」

そんなどうでもいい相槌を打つつもりはなかった。が、実際口を開こうとすると何を言ったらいいのかわからなくなってしまったのだ。

「一人だよ。隣のテーブルのやつらがうるさかったんで怒鳴りつけたら喧嘩《けんか》になって、店を追い出されちゃってさ、それから暫くうろうろしたんだけど、やっぱりどうしても帰る気になれなくて……」

やはり喧嘩か、と俺は、『馬鹿げたことはよせ』と彼をたしなめようとしたのだったが、続く彼の言葉を聞いた途端、すべての言葉が俺の内から失せていった。

「気がついたら、お前の家の前にきてた」

「……え……」

絶句した俺に彼は潤んだ瞳を向け、照れたように微笑んだ。

「……電気がついてるの見て、ああ、お前がいるんだ、と思ったらなんか安心しちゃってさ。こんな遅くに訪ねるのも悪いし、帰ろうって思うのに、どうしても足が動かなかった。そしたら急に窓が開いてお前が顔だしたから、もう驚いちゃって……」

「……おい……」

思わず俺が声をかけてしまったのは、彼の瞳からぽたり、と涙の雫が零れ落ちたからだった。彼は自分の涙に気づいてないのか、笑顔のままでぽつりとひとこと呟いた。

「……なんかすごい……嬉しくってさ」

「……田宮……」

気づいたときは俺の腕は彼の背に回っていた。

「……あったかいなあ」

ぎゅっとその背を抱き締めると、彼は——田宮は俺の肩のあたりに顔を埋め、くぐもった声でそう言い俺に身体を預けてきた。

「……今夜、お前がいてくれて本当によかったよ……」

「……田宮……」

うう、という嗚咽の声が肩から胸へと響くのと同時に、じんわりとした温もりも伝わってくる。

帰省している間、一体彼の身に何が起こったのか——一人で夜を過ごせぬほどのどんな辛い思いをしてきたというのだろう。

守りたい——。

その瞬間、激情ともいうべき思いが不意に俺の胸に込み上げていた。

彼をとりまくすべての悪《あ》しきことから。彼を嘆かせるすべての不幸から。こんなにも彼に涙を流させるすべての災厄から、俺は彼を守ってやりたい——その熱い思いのままに、俺は細い肩を震わせ静かに泣き続ける田宮の背を力いっぱい抱き締めた。

氷のように冷たかった彼のコートの背が次第に俺の腕の中で、温もりを取り戻してゆく。

「……ごめん」

随分と時が経ってから、ゆっくりと彼は顔を上げた。身体の温もりを取り戻したと同時に平常心をも取り戻したのかもしれない。

「いや」

首を横に振ったあと、風呂の湯を出しっぱなしにしていたことに気づいた俺は、「あ」

と叫ぶと彼の身体を離し、風呂場に駆け込んだ。

「なに？」

あとをついてきた彼が俺の肩越しに浴室をのぞき「あ」と小さく声を上げる。

「……やっちまった」

既に湯船から湯があふれ出し、排水口に渦を巻いて流れていた。

「ごめん」

田宮がぼそりと、蛇口《じゃぐち》をひねる俺の背に小さな声で呟いてくる。気にするなと笑いながら俺は彼の肩を叩いた。

「いいから入れよ。お前、随分酔ってるみたいだからな、のぼせないよう気をつけろ」

「……うん」

田宮は一瞬何か言いかけたが、結局は何も言わずに小さくそう頷くと、その場で服を脱ぎ始めた。

「それじゃな」

脱衣の様子を眺めているのも変かと俺は汚れた服を次々と脱ぎ捨ててゆく彼の傍らをすり抜け、部屋へと戻ろうとした。

「里見《さとみ》」

ドアに手をかけたとき、彼は細い声で俺の名を呼んだ。

「ん？」

「……ありがとな」

俺に背を向けたまま田宮は小さくそういうと、浴室の戸を押し中へと入っていった。華奢な背中が目の前から消えるのを、俺はなぜか呆然と見守ってしまっていた。

あれは何に対する謝意だったのだろうと、俺は彼が脱ぎ散らした服を拾い上げながら、考えるともなしに考えた。

深夜に俺を訪ねたことか。いろいろと世話を焼かせたことか。それとも胸の中で泣きじゃくったことか。

すべてを酔った上での振る舞いだと片付けた俺の気遣いに対してだったのか——。

彼に尋ねない限り答えはわからないだろうが、そんな気は俺にはなかった。彼の身に何が起こったかも、彼が自分から告げたいと思うまでは、こちらから根掘り葉掘り聞くつもりもなかった。

『あったかいなあ……』

しみじみと——本当にしみじみと彼が俺の胸の中で呟いた言葉が、俺の脳裏に蘇る。

一人では過ごせぬほど辛い夜に俺のことを思い出してくれた、それだけでなぜ俺の胸はこんなにも高鳴るのだろう。

気づけば彼の涙がしみこんだ己のシャツの胸のあたりを握り締めていた俺は、何をしてるんだと我に返ると泥に汚れた彼の服を洗濯籠へと放り込み部屋へと戻ることにした。

机の上ではやりかけのレポートが己の存在を主張していたが、手をつける気にはなれず、また俺は窓辺に立った。雪はどのくらいつもったのだろうと窓を開き、真っ暗な夜空を見上げてはらはらと舞い降りる雪に目を凝らす。

『ありがとな』

俺に背を向けそう呟いた彼は——田宮はあのときどんな顔をしていたのだろうと思いながら、なぜか紅潮してきてしまった頬を外気に晒《さら》し、俺はいつまでも真っ暗な夜空を見上げ続けた。

結局田宮はその後何も語らず、俺も何も聞かなかった。

だがその後彼は俺の知る限り、二度と故郷の地を踏んではいない。

✦初出　罪な愛情……………書き下ろし
激情…………………個人サイト掲載作品（2004年12月）

愁堂れな先生、陸裕千景子先生へのお便り、本作品に関するご意見、ご感想などは
〒151-0051 東京都渋谷区千駄ヶ谷4-9-7
幻冬舎コミックス　ルチル文庫「罪な愛情」係まで。

幻冬舎ルチル文庫

罪な愛情

2007年11月20日　第1刷発行

✦著者	愁堂れな　しゅうどう れな
✦発行人	伊藤嘉彦
✦発行元	株式会社 幻冬舎コミックス 〒151-0051 東京都渋谷区千駄ヶ谷4-9-7 電話 03(5411)6432［編集］
✦発売元	株式会社 幻冬舎 〒151-0051 東京都渋谷区千駄ヶ谷4-9-7 電話 03(5411)6222［営業］ 振替 00120-8-767643
✦印刷・製本所	中央精版印刷株式会社

✦検印廃止

ISBN978-4-344-81158-4　C0193　Printed in Japan